余命 最後の日に君と

冬野夜空　此見えこ　蒼山皆水
加賀美真也　森田碧

STARTS
スターツ出版株式会社

目次

余命　最後の日に君と

優しい嘘

冬野夜空

口に虚《むな》しいと書いて嘘と読む。

その言葉通り、嘘ばかりを吐き続けた僕は、どう見たって虚しい人間だった。

きっかけは、覚えていない。

小学生の頃に、物事を誇張《こちょう》して話すと周りの反応が良くて、それに味をしめたからだったか。

複雑な人間関係に嫌気がさした中学時代に、有る事無い事を言っていた方が楽だったからか。

はたまた、ひょんなことから失恋したことへの言い訳を、口癖のように吐いていた高校時代の僕が痛々しかったのか。

もとよりそのつもりはなかったけど、気づけば嘘つきというレッテルを貼られ、僕はいつだって孤立していた。

口を開けば何を言ってしまうかわからなかったから、僕自身も僕を信用できなかったのかもしれない。

結局。

「事実、僕は嘘つきなんだ」

そう認めてしまった方が、いくらか心が軽くなるようにさえ思えた。

「ふふん」

「…………？」

陽気な鼻を鳴らすような声がすると。

「この世に、事実というものは存在しない。存在するのは解釈《かいしゃく》だけなのだよ、広川《ひろかわ》悠日《ゆうひ》くん」

そんなことをドヤ顔でのたまう彼女は、先日入学したばかりの大学で同じ経済学部になった、最近なにかとニーチェの言葉を含んで話しかけてくる、多分変人。

たしか名前は相沢朝陽《あいざわあさひ》とかだった気がする。

「今日もなにか用ですか、ニーチェさん」

「私は相沢朝陽！」

「……なにか用ですか、相沢・ニーチェ・朝陽さん」

「私の名前が途端《とたん》に格好良くなった!?」

適当なことを言って距離を取ることで、人間関係の軋轢《あつれき》を生まないようにしているのに、この人はそんなのお構いなしに接してくるから距離感に困る。

こうやって絡まれるようになった発端《ほったん》は、大学の入試の日についた、軽い嘘なんだと思う。僕はこのニーチェさん、もとい相沢さんと、入学前に一応は顔を合わせていた。のだけどそれは取り止めのないこと。

当時、偶然席が隣だった相沢さんが受験に緊張してガチガチだったのは誰が見てもわかるほどで。

だからなんとなく。初対面だったけど、声をかけたんだ。「脳が甘いものを欲してるんだよ」なんて言って、全く甘くない刺激強めのタブレット菓子をあげただけで。甘さを期待して口に含んだ相沢さんは、直後すごくいい反応をしてたっけ。

でも、「ありがとう、おかげで緊張がほぐれた！」そう笑顔で言うものだから……。

そんな思考を、その相沢さんの言葉が遮《さえぎ》った。

「広川くん、この間、数日休んでたみたいに時々いないけど、入学して早々サボり魔なの～？」

「僕は大学に来るのも大変なほど忙しいんだよ」

「それもお得意の嘘ー？」なんて言ってきたけど、別に嘘っていうわけではない。

それに、なんとなく彼女に嘘をつくのは憚《はばか》られた。こうして接してきてくれる人に対してよく思われたいからなのかは知らないけど、なんとなく。

「まあ、そういうことだから明日からも三日間大学休むと思う」

「むっ、ずるいぞー！　それで単位は平気なの？」

「多分ね。休みがちな時期があるってだけで、ちゃんと来れるときは来れるから、そこで挽回《ばんかい》する」

「ふーん、じゃあノートとか見せてほしかったら気軽に言ってよね」

こう、親切にしてもらえるのはありがたいけど、僕なんかに、だなんて変な後ろめたさがあるせいで、相沢さんの言葉の扱いに困る。

結局は、ありがとう。その言葉しか出てこないのだけど。

「はい、お薬出しておくからね、ちゃんと忘れずに飲んでくださいね」

幾度となく繰り返す検査入院。

見慣れてしまった、錠剤が入っているアルミニウムの包装シート。

僕が嘘をつきはじめたのは、もしかしたら、この病弱な自分を隠すためだったのかもしれない、なんてもっともらしいことを考えてみたりする。

今までそんなこと考えたことなかったけど、まあつまり、今そんなことを考えてしまうってことは、こんな自分を隠したい相手がいるってことなんだろう、と。

「相沢さんはさ、どうして僕に構うの」

「そりゃあ感謝してるからだよ。広川くんがいてくれたおかげで、今の私があるし、ここにいられてると思うから」

「それは言い過ぎでしょ」

「ううん、広川くんがいてくれたから、こうして学校にも来られているんだよ！」

それにね、と。

「今は感謝だけじゃなくて、広川くんに興味があるの！　いっつもひとりでいるの謎だし、学校休みがちなのも謎！　完全に、私の興味の対象だねー」

「…………」

「そんなぽかーんとしてどうしたの」

これはきっと感心しているんだと思う。

そんなにも自分の気持ちをはっきりと言えてしまえることに。なにも他意のない、純粋でどこまでも素直な言葉。

そんな、澄み切った彼女の言葉を、ただ綺麗《きれい》、だなんて思ってしまったんだ。

そして、僕も、こうなれたらという気持ちを抱いてしまう。

「人って、ないものねだりな生き物だ」

「いきなりだねー。まあでも、そりゃそうでしょ。ないから欲しくなるんだし、持っているものを欲しいだなんて思わないし。欲望塗《まみ》れの人間の本質な気すらするよね」

当たり前のことを当たり前に言う彼女は、当然だとばかりに続けた。

「だから！　私とは全然違いそうな広川くんは、私の持っていないものばかり持っていそうだから、興味が尽きないんだ〜」

その言葉に合点《がてん》がいった。

どう考えても僕なんかみたいな人間とは住む世界が違う相沢さんが、僕に興味を持つのは文字通り全然違うから。

僕が相沢さんに憧れに近い気持ちを抱いているのも、やっぱり僕とは違って僕にないものを持っているからなんだ。

けれど、直後彼女はボソッと、僅《わず》かに耳に届くかという声量で呟《つぶや》いた。

――たったのひとつだけ、同じものを持ってるんだけどね。

その言葉の意味を問う暇を与えずに、背後から聞き覚えのある声がした。

「朝陽〜、またそいつにちょっかいかけてんの〜？」

「私が彼と話してる時は来なくていいの！」

「ふーん、可愛い顔してんじゃん。こういうのが朝陽のタイプか〜」

「愛美《まなみ》うるさい!!」

たまに顔を出してくる相沢さんの友達は、それこそ僕とは正反対の、集団における中心になり得るような人。そんな人に慕《した》われている彼女もまた、本来そちら側の人間で、僕みたいな日陰者と接することなんかないのかもしれない。ただ偶然知り合って、興味の対象になったから、今こう接してくるだけなんだ。

そう思っていたのに、その後二か月もの間、僕が大学に行った日には一日も欠かさずに声をかけられた。

目が合うと手を振られ、休み時間には声をかけられ、同じ講義を受けているときはしきりにメッセージが送られてきた。

そして今日の講義中にも、例に漏れずメッセージが送られてきた。でも、それはいつものような他愛のない世間話でも、数分居眠りしていたせいで書けなかったという板書《ばんしょ》を教えてという話でもなかった。

『今から講義抜け出してきてほしいの。隣の講義室、今の時間使われてないからそこに』

『私が出てから五分後に広川くんも出てきて』

そんな明確な指示だった。

講義中に席を立つだけでもある程度目立つのに、五分空けると言っても相沢さんと示し合わせたような動き、考えすぎかもしれないけど、変に目立ちすぎる気がして乗り気になれなかった。

たしかにこの講義の教授は、お手洗いなんかで途中退室しても気に留めない人ではあるけど……。

そう思考を迷わせて、結果。

『僕が先に出るんなら、いいよ』

そうメッセージを打って送ろうとした時には、視界の端で相沢さんが講義室から出て行く姿が見えてしまった。

つい頭を抱えそうになる。こういう時こそ、臨機応変に適切な嘘なんかつけたらよかったものの、彼女に対してはそういうわけにもいかず。

結局、ひとり待たせてしまうのを申し訳なく思う気持ちに負けて、僕もどうにか席を立ったのだった。


大学の本館九階、館の最上階には大きな講義室が四つ並んでいる。先程まで講義を受けていたところは、最大で三百もの人数を収容できるほどの大きさらしい。

それよりもひと回り小さい隣の講義室に、彼女の姿がポツンと佇《たたず》んでいた。

高台に立地を確保した本大学は、最上階からの景色が素晴らしく、都会側の壁は講義室までガラス張りとなっていて、日本の中心を一望できる。ここからのサンセットや夜景は知る人ぞ知る名所とも言われているくらいだ。

照明も点けず、落ちてきた陽に紛れるように小さな背中を向ける相沢さんは、いつもとは様子が違うようだった。

「いきなり講義抜けたりなんかして、どうしたの？」

僕から声をかけるだなんて、はじめてだったかもしれない。

静寂が満ちていた室内に、僕の声だけが頼りなく響く。隣ではみんなが教授の話に耳を傾けているのに、僕らだけが講義を途中で抜け出して、静かな室内にふたりきり。妙な背徳感だなと、思った。いけないことをしているみたいな、それこそ、人目を忍んで逢瀬《おうせ》を楽しむみたいに。

「ふふっ、ふたりきりで抜け出してきちゃうなんて、ちょっとドキドキしない？」

きっと相沢さんも同じような心境なんだろう。そう言って薄く笑った。

「違うか。ちょっとなんかじゃない。私、すっごくドキドキしてる。今、この空間に」

彼女の気持ちが伝わってくるように、肌に張り付く緊張感が僕にもあった。

ふーっ、と大きな間を取って、相沢さんは息をつく。

「孤独を味わうことで、人は自分に厳しく、他人に優しくなれる。いずれにせよ、人格が磨《みが》かれる」

「それもまた、ニーチェの言葉？」

「うん。そして、広川くんとはじめて話した時、これはあなたのことなんだなって、そう思った」

そう言うと同時に振り返った相沢さんは、僕と視線を交錯させる。少し潤《うる》んだ瞳は、美しいと同時にいたいけな危うさを孕《はら》んでいた。

「私はね、広川くんに助けてもらった時からずっと気になっていて、いつもあなたのことを考えてた。大学に入学してからはずっと目で追ってたの。そしたらいつもひとりきりなんだもの。だから、この人は優しいのかなって」

その独白に息を呑《の》む。そんなことを言われるだなんて思いもしなかった。

「嘘をつくような人間が、優しいだなんてことないよ」

「ううん、優しいからこそ嘘をつくことだってある。優しい嘘だってあるんだよ。私が受験の日にそうしてもらったみたいに」

それは、僕の言葉、行為への、はじめての肯定だったかもしれない。

「でもさ、私こんなんでわがままだからさ、思っちゃうんだよ……」

なんのことだと、僕の的を得ない考えなんて露知らず、相沢さんは一拍置いてから続けた。

「その優しさを私にだけ向けてほしいって。広川くんのこと考えているうちに考えすぎてしまって、気づいたらいつもあなたのことばかりで」

「それは……？」

彼女の勢いに思考回路が置いていかれる。

「だから、その、あの、えーっと……うん」

妙な頷《うなず》きを最後に、潤んだ瞳に力を入れる。

「私は、広川くんのことが好き。恋人に、なってほしいの」

そう、はっきりとした声音で。

「あなたのその優しさを、これからは私に独り占めさせて」

どこまでも素直すぎるその言葉で。

「あなたが自分自身を嘘つきだと言うのなら、それすらも受け入れさせて。そうして、私だけを見て」

すべてを包み込んでしまうようなその温度で。

そんな彼女の愚直な言葉の数々が、嘘で塗り固められた僕の心を穿《うが》つかのようだった。

何を言われたのだろうかと、脳の処理が正常にできなくなってしまうほどに。

言葉の意味を咀嚼《そしゃく》して、脳内で反芻《はんすう》して、どうにか胸中に落とし込むことで、理解に達する。

「え……？」

ようやくできた反応が、そんなものだった。理解して尚《なお》、理解し切れない彼女の気持ち。どうしてそんな好意を、僕なんかに、と。

「女の子に恥をかかせるものじゃないと思うなぁ。考えさせて、なんて言わせないからねっ」

僕の狼狽《ろうばい》した姿を見て冷静さを取り戻したのか、気づけば強気の相沢さん。

「それに、私が朝陽で、広川くんが悠日《ゆうひ》だなんて、もう運命的じゃない？　これは決まっていた運命だったってことなんだよ！」

決まっていたことらしかった。

「僕なんかで……」

「その自分なんかって言い方やめること。あなたを好いている人も同時に侮辱《ぶじょく》しているんだからね」

「でも、僕が相沢さんを幸せにできるだなんて……」

「幸せにする、だなんて大層なこと考えなくていいの。あなたの隣にいられれば、きっと勝手に幸せになってるから。そして、あなたにも私がいるだけで幸せだと思わせられるようにするんだから」

――だから、よろしくね？

――わかった、よろしく。

夕陽が僕らを染め上げる中で、素敵な異性から告白されるなんてイベント、僕の人生なんかでは起こり得ないと思っていたけど。

　こうして、僕には恋人ができた。

　恋人とは、実感がなくとも運命で決まっていて、その人と出会っていたら案外すんなりとできてしまうものだった。

「せっかくお互いに運命的な名前してるんだから、次からは名前で呼び合おう！　ファーストネームだよ、間違えないように！」

　それは、朝陽という、この世で最も僕を必要としてくれる、最も魅力的な女性だった。

　切れかけている薬を貰《もら》いに病院に行く道すがら、ここまで気分が高揚しているなんてこと、人生ではじめてだった。

　この瞬間の僕は、きっと、この一生涯の中で、どの瞬間の僕よりも幸せで、浮かれていられたんだと思う。

　そして、そんな時間は、ものの一時間で終わりを告げた。

　病院内で、偶然見かけた両親と担当の先生。その異質な空気感と、母の涙が、僕の終わりを知らせる合図だった。

　僕はもう、長くないらしい。

「ねー!!　悠日くん楽しんでるー!?」

「これのどこが楽しいのさ!?」

もし、その宣告があと一日早かったら、僕は彼女からの申し出を、告白を、断っていたかもしれない。僕がどれだけ紳士に、また真摯《しんし》に向き合って良い恋人になれたとしても、最後にはきっと悲しませてしまうから。

そんなことを、ジェットコースターへの恐怖から目を逸《そ》らすように考えていた。

「初ジェットコースターはどうでしたか！」

「これを発明した人と、これを娯楽と判断した人を呪いたい気分だよ……」

「トンプソンさん、悠日くんに呪われちゃうね」

「よく発明者の名前を知ってるね!?」

僕と彼女が恋人同士になって最初の休日に、初デートとして遊園地に来ていた。

僕の残り時間が少ないことはもちろんだけど、そもそも僕が病弱だということすら彼女は知らない。黙っているべきか否かを決めかねているところだった。

「それにしてもどうして初デートが遊園地なのさ。初デートに一番良くないことで有名なくらいなのに」

「だからだよ、悠日くん」

「だからって？」

「そう。遊園地がダメなのって、並び時間だったり歩く時間だったりが長くて会話がもたないからって理由でしょう？　だからこそ、最初から遊園地で楽しめたら、私たちはベストカップルってことなんだよ！　相性抜群！」

「賭けみたいな感じで初デートの場所選んだの⁉　もっと慎重にいこうよ……」

逆の思考をいく彼女に驚きつつも、自分にない発想だからと面白くも思ってしまう。きっとこういうところに惹《ひ》かれているんだろうなって。

それになにより、嘘つきで自分のことすら信じられていないような僕が、彼女の前では、自然と素直な気持ちや言葉が出ている。それが、心地よく感じられた。

「で、私は悠日くんと遊園地に来られてすっごく楽しいけど？」

「……もちろん僕も」

「ほら！　相性ばっつぐ～ん‼　ってことでもっかいジェッ――」

「もうジェットコースターには乗らないけどね‼」

相性抜群らしい僕らは、けれど遊園地の嗜好《しこう》は全く異なるみたいだった。それでも、自然と会話が弾んで気まずい空気にならない。その上、波長も合うし、食の好みもすごく似通っていて、なぜか不思議と細かな部分で同じだと思えることが多い。本当に相性はいいのかも、だなんて思った。真逆の僕たちではあるのだけど。

それから陽が暮れるまで遊び尽くして、ふたりして帰りの電車へと乗り込む。

僕らと同様に遊園地帰りの乗客が多いのか、電車は満員の様相《ようそう》を呈《てい》していた。

そのせいで、僅かな揺れでも体勢を崩してしまう恐れがある。彼女よりも背丈のある僕はどうにか吊革《つりかわ》を握れたが、彼女には身を安定させる術《すべ》がない。

自分の恋人が危ないのだと言い聞かせる。そして、思い切って僕が彼女の身を安定させようとした。

つまり、手を繋《つな》いだのだった。

今日丸一日あった遊園地デートでは一度も触れられなかったその手を、まさか帰りの電車で。

「遅いよ、バカ……」

うっすらとそんな呟きが聞こえた気もしたけど、彼女は俯《うつむ》いたままで表情は確認できなかった。それでも、僕の手を通して感じられる彼女の熱が、その行為を肯定してくれているようだった。

そのまま、車内の空間にある程度余裕が生まれても繋がれた手は離れず、逆にこそばゆい気持ちからか、言葉を交わすこともやっぱりなかった。

「ふーっ、電車息苦しかった～」

「満員電車って、いくら経験しても慣れるものじゃないね」

彼女の家の最寄りだという駅に降りて、ぶらぶらと適当な歩みを進める。酔ってもいないのにアルコールの入ったような足取りは、きっとこの時間を手放したくないから。繋がれた手だけは、しっかりと握ったまま。

「今日は一日ありがとう」

「こちらこそだよ〜。いきなり遊園地なんか誘って嫌じゃないかなーとか考えたりもしたけど、誘ってよかった」

「楽しかったからね。ジェットコースターはもう懲《こ》り懲《ご》りだけど」

あはは—、なんて言って笑う君の横顔を見て、僕にとってこの子がどうしようもなく愛《いと》おしい相手になっているんだなと自覚した。

「でも悠日くん、まだ足りない。私は満足してないよ？」

こっちを見据えて不服そうに頬《ほお》を膨らませてくる。

満足していないとはどういう事だろう。一日のデートだけじゃ足りなかったということか、それとも、手を繋いだ程度じゃ満足できないということなのか……。

真っ直ぐに見つめてくるその瞳は、確かになにかを要求しているように見える。

「なにか、足りなかった？」

「そう。足りないの。私はずっと待ってるんだよ？」

付き合って間もないし、初デートだし、なんてただの言い訳で。恋人が求めているんだから応えたいと、素直に思った。

そう考えて、息を整える。

ふーっ。

心の中でも一拍置いて。

そして、彼女のことをあたらめて真剣に見据えた。

「えっ――」

一瞬、彼女の戸惑いを感じたけど、そんなものは捨て置いて、僕は動いていた。

僕より背丈の低い彼女の顔を覗《のぞ》き込むようにして、そのまま。

唇を重ねた。

「…………」

「…………っ」

戸惑い、放心という過程を経て冷静さを取り戻した彼女は、咄嗟《とっさ》に唇を離す。

「……ゆ、悠日くん、思ってたよりもずっと積極的だねっ」

「え、あ、いや、待ってるって言うから、僕はてっきり……」

「私が待ってたのは名前！　悠日くん、今日一度も名前呼んでくれてない、というより恋人同士になってから、一度も朝陽って呼んでもらえてないんだもん」

早まった。

やらかした。

焦りと罪悪感が溢《あふ》れ出てくる。僕の勘違いと軽率な行動で、自分の恋人を傷つけてしまったかもしれない。

「本当にごめ……」

「謝罪なんていらないし、嫌だなんて思わなかったから。だから、まずは名前を呼んで？」

「……朝陽、さん」

「呼び捨てで」

「あ、あさひ」

「うん、そうだよ。それがあなたの恋人の名前」

「朝陽？」

「うん」

「朝陽」

「うん」

そうして、次はどちらからともなく、自然と距離を縮め、もう一度僕らは重なった。

こんなにもかけがえのない人に出会えたこと、そんな喜びと幸せをくれた人だから。

僕はこの人にだけは、絶対に嘘はつきたくない、そう思っていた、けど……。

それでも、嘘をつく決意をした。

彼女を、朝陽を、最後に悲しませないための嘘。

終わりのその時まで、朝陽には今の僕の記憶でいてほしいと。


それから、僕らはたくさんの時間を共にした。

ひとつのメモ帳に、ふたりしてやりたいことや、行きたいことを片っ端から書いていった。

お互いにアルバイトをして、お金が貯まり次第、いろんな色々な場所へ行った。半年で二十もの県を渡り歩いた。

僕にはもう未来がないのだから大学なんてどうでもよかったし、朝陽もそんな僕に最大限付き合ってくれた。

行きたいところや気になったところは全部行って、何度もふたりで夜を明かした。

そうして、僕たちはふたりのやりたいことリストを、ひとつずつ消化していった。

でも。

そんな夢のような日々には、やはり終わりが訪れる。

それは、クリスマスを目前に控えて街並みが浮き足立っている、そんな煌《きら》びやかな季節のある日のことだった。

僕は唐突に、すっと気が抜けていくように、地に倒れ伏した。人の行き交う街中で、なんの前触れもなく。

不幸中の幸いと言うべきか。彼女へのクリスマスプレゼントを用意しようとしていた日だから、その場、そのタイミングに朝陽はいなかった。

僕の容態を知られることなく、病院に運ばれた。


なにか、夢を見ている気がする。

僕よりも少し幼い、少女の夢。

それは、重たい枷《かせ》が外れて拘束が解かれたような、清々《すがすが》しい気分のものだった。

幼い頃から病弱な僕にも覚えのある感覚。治療を終えて体の調子がすこぶるいいときのような、そんな体の自由さだった。

自由になった少女は、その自由さを惜しげもなく謳歌《おうか》した。やりたいことをやって、行きたいところに行く。まるで先日までの僕と朝陽のようだなと思った。

その少女は、けれどある時からなにやら納得できないといった感情を抱えはじめた。

それは、あるメモ帳のようなものを読んだ時からだった。

そのメモ帳に書かれていた内容は――。

目を覚ましたときにはかなりの時間が経っていたみたいだった。

検査は終えられていて、周囲はある程度の落ち着きを見せている。

僕が目覚めたことを知ると、担当の先生と看護師が病室に入ってきた。

少し消毒液の匂いがするのはいつもと同じだけど、今いるのが僕ひとりのために用意された病室なのも、担当の先生の顔つきがいつも薬を用意するときのような軽いものではないのも、いつもとは酷《ひど》く違っていて、その先の言葉が容易に想像できてしまった。

だから、僕の病床の隣まできた先生に、自分から聞いた。

「もう、長くないんですね」

「……はい」

「あとどのくらいですか？」

「………長くて、半年程です」

「案外まだ長いんですね」

僕が思ったよりも、時間はあるようだった。

その宣告に、隣についていた看護師の浮かべる悲痛そうな表情が、やけに記憶に残った。

僕が目を覚ましたと知った両親は深く安堵していた。それに僕も安堵する。

朝陽がいないということは、僕が倒れたことを知られていないのだと思ったから。

スマホには電話やメッセージの着信が何件も溜まっており、朝陽からの心配がありありと伝わってくる。僕が逆の立場だったら、きっと心配しすぎて探し回っていただろう。

だから、返信しないと。そう思う気持ちもあるのだけど、それでも僕は、このタイミングしかないだろうと、そう直感する。

朝陽を最後に悲しませないための、嘘。

朝陽に嫌われるためにつく寂しい、嘘。

これからいなくなってしまう人と一緒にいるだなんて、想ってしまうだなんて、悲しすぎるじゃないか。

だったら、いまの段階で拒絶して、嫌われてしまった方がいい。

僕の終わりを見届けて心に消えない悲しみを作るよりも、ずっといい。

そう思って、朝陽とのトーク画面を開く。

溜まりに溜まったメッセージのひとつひとつが、気持ちのこもった心配の言葉だった。

『悠日くーん』『返信遅いの珍しいね。寝ちゃってる?』『本当にどうしたの?』『心配だから、気づいたときに既読だけでも付けてください😢』。

朝陽らしいメッセージに笑みが溢れる。けれど、それと同時に笑みとはまったく異なるものも零《こぼ》れていた。

「あれ……」

自分が嘘つきだと罵《ののし》られても、容態が芳《かんば》しくなくても、たとえ余命を宣告されても。一切涙なんて出なかったのに。

ただ、朝陽ともう会えないのだと思うだけで、涙はとめどなく流れた。

それでも。きっといなくなる側よりも、残される側の方が辛いから。そんな気持ちを引きずって欲しくないから。

だからちゃんと言わないと。

決意を胸に、震える手で一文字一文字を入力していく。

用意したクリスマスプレゼント渡せなくてごめん。

一緒に年越そうねって言ってたのにできそうになくてごめん。

行こうって言ってた場所まだ残ってるのにごめん。

朝陽よりもずっと早くいなくなってしまうような僕で、ごめん。

そう胸中で呟きながら、思ってもない言葉を送信した。

これが、彼女の言う〝優しい嘘〟になることを信じて。


『もう嫌いなんだ、顔も見たくない』

それは、恋人になってから君につく初めての嘘だった。


あれから二か月が経った。

僕の送ったメッセージに対しての返信はなく、ただ既読がついたのみ。その反応が寂しくないと言えば嘘になるけど、でもそれでいいと思った。僕を嫌いになって、他の人を見つけて幸せになってくれれば、それで。

「……間違ってないよね」

「なんで僕が、死ななきゃいけないんだ……朝陽に会いたい……」

「死にたくない、生きていたい。朝陽の隣で、ふたりで幸せになりたかった……っ」

そう、何度も何度も泣いた。

朝陽との別れから、僕の涙腺《るいせん》はおかしくなってしまったようだ。

体も、特段調子が悪いとかではないけど、確かに死に近づいていることだけは不思議と実感があった。

「朝陽は僕のことをニーチェの言葉に当てはめて、素敵だと言ってくれていたけど、これなんか朝陽のことじゃん」

もう会えないのに、朝陽のことを考えずにはいられないから、彼女がよく口にしていたニーチェの言葉を調べてみる。

『笑いとは、地球上で一番苦しんでいる動物が発明したものである。』

出会った時からいつも笑顔でいた朝陽は、地球上で一番苦しんでる女の子だったのかな。

「そういえば、いつだって朝陽は僕に笑いかけてくれて楽しくいてくれたけど、辛そうなところとか苦しそうなところ、全然見たことなかったな」

今更だけど、朝陽には、悩みや苦しいと思うことはなかったんだろうかと考える。

話してもらえてないのは悲しいけど、僕もなにも話さずに付き合ってきたのだから、人のことは言えないな。

今日もいつも通り、母が見舞いに来てくれた。僕の一日の中で数少ない気持ちが和らぐ時間。でも、毎日だなんて、そんなの大変なことくらい想像がつく。

「毎日は来なくていいって言ってるのに」

「親には、遠慮なんてするものじゃないのよ」

その言葉が、心からありがたかった。自分の命が限りあると実感して、ようやく普段の日常の当たり前に感謝できるようになるなんて、皮肉なものだ。

「もうすぐ部屋の片付けも終わるけど、本当にいいの？」

「うん。入院生活中に、暮らしていない部屋の家賃を払うなんてもったいないから」

最近は、僕の一人暮らししている部屋を、両親が代わりに片付けてくれていた。朝陽とも一緒にいた部屋だったけど、区切りをつけるために僕からお願いしたのだ。

「そうそう。これ、悠日のものじゃない？　部屋の前に落ちてたけど」

それはメモ帳だった。僕と朝陽とでやりたいことを書き連ねていたものと、まったく同じメモ帳。でも、ふたりで書いていたメモ帳は、今でも僕が大切に持っている。

中を確認しようと開くと。

「これ、僕の字だ……」

やっておきたいことリスト、と書かれたそれは、見慣れた自分の字体だった。

しかも、リストの作成といい、書いてある内容といい、僕と朝陽で作ったものと酷似していた。それはもう、図ったくらいに。

ただ、そのリストのほとんどは達成されておらず、その点だけは僕と朝陽とのものとは違っていた。

「これは……？」

数少ない達成した項目には、達成した日付が書かれていた。でも、そこに記載されている日付と同じ日のカレンダーを遡《さかのぼ》っても、僕は違うことをしている。朝陽との時間のためのアルバイトに費やしていた。

ただ字体が似てるだけの、他人のメモ帳なのか。でも、それにしてはまったく同じメモ帳なのも、その内容も、偶然では済まされない気がしてならない。

そう、頭を悩ませていると、母が唐突に切り出した。

「悠日、もしかして彼女でもできた？」

「んっ⁉」

僕は朝陽のことを他言していない。病気な自分に恋人がいることを否定されるのが嫌だったから。それは親だろうと例外ではなかった。

「どうしてそう思ったの？」

「普段からそんなスマホを確認するような息子じゃなかった気がするし、ちょっと雰囲気が変わったというか、垢抜《あか》けた感じがしたのよ」

それにね。と、少し溜めてから続けた。

「悠日の部屋を片付けに行く時、いつも姿を見かける女の子がいてね。最初はご近所さんなのかなって思っていたんだけど、どうも悠日の部屋やそこに出入りする私のことを気にしてるようだったから」

酷く一方的なメッセージを送ったのに。

きっと素直で誠実な彼女だからこそ、安易に返信せずに、直接僕とちゃんと話をしたいと思ってくれたのかもしれない。

でも、だからと言って、このメモ帳と朝陽になんの関係があるのか。

わざわざ僕の字体で朝陽用のものを複製した覚えもないし。

「どうせ悠日は、自分が病気だからーとかそんな理由で、一方的に突き放しでもしたんでしょ。ほんと、そういう不器用なところはお父さんに似ちゃったわねぇ」

「…………」

「どうせそんなことだろうと思ったから、もう言っちゃったわよ」

「えっ」

「悠日は今入院しているから、病院まで来て直接文句言ってやってって」

そう、母の言葉と示し合わせるかのように、ノックの音が鳴った。少し遠慮気味に、コンコンと二回。

呆然《ぼうぜん》としている僕を差し置いて、どうぞー、と母が代わりに答えていた。

僕の決意も、我慢も、嘘も、全部が水の泡になってしまう。それに朝陽にどう思われていることか……。

けれど、それらのどんな考えも、朝陽の姿をひと目見た瞬間に、吹き飛んでしまった。

「……失礼します」

恐る恐るドアが開けられ、そこには諦めても諦め切れずに待ち焦がれていた、朝陽の姿があった。

「…………」

「…………」

視線が交わると、その場の時間が止まったように音も動きもなくなった。

僕は、また会えた驚きと嬉《うれ》しさのあまり、目尻に滲《にじ》むものを抑えながら沈黙を決める。

朝陽は、どんな気持ちでいるんだろうか。

この沈黙に耐えかねたのか、母は「邪魔者は退散しますー」とだけ言って病室を後にしたけど、それでも僕らの沈黙は重く横たわっている。

「あ、……ん……」

口を開いてなにかを発しようとしても、餌《えさ》を求める魚のように口をパクパクさせるだけで、意味のある言葉は紡げない。

そんな膠着《こうちゃく》状態が続きそうと思った時、朝陽は僕の手元を見ると、目に見えるほど動揺した。焦ったような表情に、今すぐにでもこの手帳を取り戻したいというような体勢。

詳しくは、僕の手元にある、手帳を見て。

「これって、朝陽の？」

最初について出た言葉は、再会を喜ぶものでも、身勝手な言動への謝罪でもなかった。

でもそんな他愛のない一言さえあれば、僕らの会話の始まりには十分すぎるくらいのきっかけだった。

「うん……」

「やっぱりそうだったんだ」

「それは、どこで？」

「母さんが僕の部屋の前で落ちてたのを拾ったって」

「失くしたと思ってたけど、落としちゃってたんだ……」

再会の嬉しさを隠し切れない僕とは対照的に、朝陽はどこか気を落としているように見える。

「でも、そっか。やりたいことを書いたメモ帳、僕がずっと持ってたからね。朝陽も持っていたかったなら言ってくれればよかったのに」

「あ……うん」

煮え切らない朝陽の反応。それに、僕が入院していることを知って、今こうして実際に病床についているのを見ているのに、そこに触れてこないのは遠慮が理由なのだろうか。

僕が別れてまで隠そうとしたことだから。

「いきなり突き放すようなことを言ってごめん」

「………」

「僕が弱っている姿は見せたくなかったし、それに……」

「うん」

「これからいなくなってしまう人と最期までいるのは、きっととても悲しいことだから。朝陽にはそんな悲しみを背負ってほしくなかったから」

嘘なんてつかずに、全部素直に言った。

結局、距離を取ることを選んでも、僕はいつだって朝陽のことを考えていたから。

けれど、僕の素直な言葉に対して、朝陽は少し意外な反応を示した。

「やっぱりそうだったんだね」

その告白に驚くでも、ずっと隠してきたことに怒るでもなく、すんなりと受け入れていた。聞いたことをそのまま受け入れたのならまだわかるんだけど、朝陽の反応は、まるで、そう言われることをわかっていたみたいで。

「私は、悠日くんに話さなきゃいけないことがあるの」

そう言った朝陽は僕の方へと近づき、手元にあるメモ帳を取った。

なにかを懐かしむように、ぱらぱらっと捲《めく》られるメモ帳は、僕よりもずっと手に馴染んでいるようで、それだけで彼女の所有物だと感じられた。

「これは、悠日くんのものだよ」

そんな僕の思考とは裏腹に、ただ事実を述べているというように、淡々とした声音で続ける。

「これは、間違いなく悠日くんのもの。書いてあるのはすべて悠日くんの意思で書いた、悠日くんだけのメモ帳」

「僕だけの……？」

僕がメモ帳を開いたのなんて、朝陽とやりたいことを書いた、あのメモ帳くらいのものだ。少なくとも、今朝陽が捲っているメモ帳の心当たりは皆無だった。

しかし、そんな僕の思考回路もお見通しだというように重ねるように言ってきた。

「悠日くん、このメモ帳に覚えなんてないと思うけど、それでも本当なの」

そこまで言われて、ようやく朝陽の違和感に気づく。もう死ぬまで会えないと思っていた好きな人に再会できたことで、冷静さに欠いていたかもしれない。

少なくとも、朝陽は、僕との再会を喜ぶために会いに来たわけではないんだ。

「私は、悠日くんに伝えたいことがあって会いに来たの」

そう言った朝陽は、あの日、僕に告白をしてくれた時のように、潤んだ瞳に力を入れて真剣な眼差しで僕を見据えた。もしかしたら、告白のときよりも、ずっと真剣な面持ちだったかもしれない。

そうして、彼女は話し始めた。

僕と彼女とを繋ぐ、本当の関係を。

＊

「私は、悠日くんに伝えたいことがあって会いに来たの」

私の声は、少し震えていたかもしれない。

私の言う『会いに来た』という言葉は、今日病院に会いに来たという意味合いとは異なる。

もっと言うなら、あなたにある言葉を伝えたくて、あなたと出会いに来た、の方がずっと正確だ。

本来、決して交わることのない、あなたとの時間だったけど、その時間が、残酷なほど幸せで、私の本来の目的を果たす覚悟を鈍らせた。

彼が入院したことは最初から知っていたけど、その覚悟ができずに、こんなにも遅くなってしまった。

それでも。

今日、覚悟を持って。

私の本当の目的を、果たしに。

「私はね、悠日くん、あなたに〝ありがとう〟を伝えるために、会いに来たんだよ」

きっと悠日くんは、出会ってからの日々に、感謝を言いに来た、なんて思ってるんだと思う。

けど違うの。

本当の嘘つきは私。

だって私は、あなたとの出会った理由が、感謝を伝えるためだったんだもの。

偶然なんかじゃなく、私とあなたとの出会いは、必然だったんだよ。

まだ出会ってないはずの人、本当は出会うはずもない人に、感謝だなんておかしい話だと思うかもしれないけどね。

「これはね、悠日くんの、死ぬまでにやりたいことを綴《つづ》ったメモ帳なんだよ。私と一緒に作ったものよりも、ずっと達成できてないけどね。でも、このメモ帳が、私にとっての道標《みちしるべ》でもあった」

「どういう……？」

どういうことかって言うとね。

「これは、私と出会わなかったはずの悠日くんが、余命宣告されてから書いたメモ帳なんだよ」

私が言葉を重ねるごとに混乱を増していく悠日くん。まあそうだよね、なんの説明も無しにそんなこと言われても意味わからないよね。きっと、説明しても混乱してしまいそうだけど。

「気づいたらね、大学の受験会場にいたの」

私とあなたが、直接初めて対面した日のこと。

「寝ていたはずなのにね？　でも目を開けると、そこは受験会場だった。手元には受験番号があって、訳も分からずその番号に促されるまま、席に着いたの。そしたらね、悠日くんが隣にいるんだもの！　写真でしか見たことなかった、ずっと会ってみたかった人が目の前にいて、動揺しちゃって……」

話の内容に理解が追いついていないあなたを横目に、それでも言葉を止めずに話し続ける。

一度止めてしまったら、もう話せなくなってしまう気がするから。

「悠日くんはさ、きっと、受験に緊張する私を見かねてって意味だと思うけど、話しかけてくれたよね。変な嘘ついてさ」

「事前に、悠日くんが嘘つきだったということは人伝《ひとづて》で聞いてたけど、こんな可愛くて、優しい嘘をつく人だったんだって。素敵な人だなって思った」

「隣に悠日くんがいるって思うと気がきじゃなかったけど、受験も頑張った。受かれば同じ大学に入れるのかもって思ったから」

そう、当時思ったことも踏まえて、つらつらと話していく。悠日くんは、私がなにを言いたいのかわかっていないんだろうな、なんて意地悪なことを思いながら。

だから、そろそろ、核心を話そう。

「でもね……」

その言葉で、話に神妙さを帯びさせると悠日くんも、より耳を傾けてくれているのが伝わってきた。

こういう、人の機微《きび》に当たり前のように気づくところも、あなたの魅力的なところなんだよ。

「受験が終わって落ち着いて、スマホの時計を見てみるとね」

「…………っ」

「……私が暮らしていたはずの時間から、五年も前の年が書かれていたの」

悠日くんと出会うなんて、不可能なことだから、きっと夢かなにかなんだろうなって、そう思ってたけど。

でも、私の念願は不思議な形で叶った。

「私はね、未来から悠日くんに会いに来たんだよ」

呆けたあなたの手を取る。

何度も触れて繋いで、そんな大好きな手。

その手を、私の左胸と鎖骨の間のあたりに持っていく。

言葉はなくとも、胸元へ誘われる手を見て、少しの硬直のあとに、恥ずかしがりつつも、抵抗はなかった。

そんな恥ずかしさに頬を紅潮《こうちょう》させるあなたが、可愛くて愛おしくて堪らない。

「私、生きてる？」

左胸の上あたりにあなたの手を置いて、聞いた。

「うん、生きてる」

不思議な会話だった。生者が、生きてることを確認しているだなんて。

そうして、私は核心を打ち明けた。

私とあなたの、本当を繋がりを。

「私はね、あなたの命で生きながらえたんだよ」

それが〝ありがとう〟を伝えにきた理由。

「悠日くんの鼓動が、私の胸で鳴り続けてるの」

「…………」

「私も、余命を宣告されて、ずっとドナー待ちの女の子だったんだ。悠日くんがいなければ、きっと私は生きられていないの」

悠日くんの表情は、胸元に手を置いている恥ずかしさから、私の言葉を聞いて驚《きょう》愕《がく》へと変わって、最後には私の鳴らす彼の音を手伝《てづだ》いに聞いて妙に納得していたようだった。

まるで、本当に自分の鼓動だ、と言うように。

でも。

私はあなたに会えるとしたら、感謝を伝えたいと常々思っていたけど。

それだけじゃ足りない、なんて思ってしまって。

「私は私の時代で、自分に命をくれた人のことを知りたくなって隅々まで調べた。名前から、写真や実家の住所、周りの人間関係まで。ほんと、ストーカーみたいだよね」

「じゃあ、僕の両親とも会ったの？」

「うん、ご挨拶したよ。そのときに、これをいただいたの」

そう言ってメモ帳を強調する。

「本当は、感謝を伝えて、それで終わりって思ってたんだけどさ。メモ帳を見たら、明らかに思い残したこと書いてあってさ、それを無視はできなかった」

「だから、ほとんど同じ内容を、一緒に作ったの？」

「うん……。心残りを消化して欲しいのと、誰かと一緒にできれば、もっと素敵な記憶になるかなって」

そう思って、悠日くんに近づいて、しつこいくらい話しかけて。

でもそうしているうちに、命をくれた恩人っていう気持ちだけじゃなくなっちゃって。

「私から見た悠日くんは、命の恩人なだけでなく、好きな人になってた。こうして、偶然出会った、みたいに接してきて、嘘つきだと思うかもしれないけど、それでも、気持ちとその告白には、嘘のかけらもないの」

彼はなにも返事をしなかった。

ただ、彼は病床の上から、そばにいる私のことをそっと抱きしめた。

「泣かないで」

「えっ……？」

目尻から伝った一筋の涙が顎先に到達して、ようやく泣いていることに気づく。

そう自覚してしまってからは、もう止《と》め処《ど》なく、涙は溢れてきた。

どんな理由の涙かはわからない。悠日に出会えたことへの嬉しさか、命を繋いでくれたことへの感謝か、好きになってしまった人との別れが近いことを悟ってか。

「僕は、心から朝陽に会えてよかったって思ってるよ。一緒に過ごせて、いろんなところに行って、朝陽に出会えなかったらこのメモ帳通り、心残りがたくさんあるまま最期を迎えたかもしれない」

私の話を信じ、胸中で消化したらしいあなたは、次々とそんなことを言って、私の涙を加速させる。

「死ぬ前に、誰かを好きになれるなんて、きっとそのメモ帳を書いた僕には経験できなかったことだと思うから。そんな大切な気持ちと、かけがえのない時間をくれてありがとう」

私が言うべき言葉を、言われてしまった。

私には、まだそれを言えそうにないっていうのに。

こんなにも大好きな人が目の前にいて、なのに離れ離れにならなきゃいけない、だなんて。

「朝陽は、僕との出会いを嘘だって言ったけどさ、でもそれは僕に感謝を伝えるため、僕の心残りを消化するためのものだったんでしょ？　だったらさ、それこそ朝陽が僕に言ってくれた『優しい嘘』なんじゃないかって思う。朝陽は、いつだって優しくて笑っていてくれたから」

――だから、泣き顔じゃなくて、笑顔を見せて。

と。私に命だけでなく、笑顔までくれた人が、そう言ってくれた。

うん、うん。そう嗚咽《おえつ》まみれの口調で返事することしかできない。

「それにさ、朝陽」

「……うん？」

「僕たちの出会いが必然っていうのならさ、つまり運命ってことだよね」

「そう、だね……？」

「僕が悠日《夕陽》で、朝陽は朝陽で、そんな名前まで運命だって言ってたけど。僕にもその意味がよくわかった」

ただ素敵な名前の共通点だと思って、それを都合よく私は運命だなんて言ったけど、その意味……？

私の問いに答えるように、あなたは言う。

「夕陽が沈んで、朝陽が昇る。それってさ、僕の命で朝陽が生きながらえたことと、きっと一緒なんだ。陽が沈んで昇るっていう繋がりがあるみたいに、僕の命と朝陽の命は繋がってるんだ」

それは、どうしようもなく素敵な考えだと思った。

朝陽と悠日だから、朝陽と夕陽。

私たちらしくて、繋がってることを感じられて。

きっとそんな運命なんだなって、そう思える。

でも、そんな素敵なことを言われっぱなしだと、なんだか悔しくなる。私の方が先にそう考えられたはずなのに。

涙の跡を拭って、まだ震える声でささやかな反撃。

「でも、陽は昇って沈んでを繰り返すんだから、私の命だって繋がっていくはずだよね」

「まあ、そう言えると思うよ？」

「だったら、私が未来に繋ぐための、新しい命がほしいな」

そう、わざとらしく腹部に手を当てて言う。

意味を理解したあなたの、慌てふためく姿がどうしようもなく愛おしく思ってしまって、きっとこの瞬間の記憶や気持ちを、ずっと大事に胸の奥に抱えていくんだな、と思った。

こんな穏やかな空間があるのに、それが永遠に続くことは決してない。

だって、あなたの命で私は生きられているから。

あなたが生きている限り、私の生きられる未来はないはずだから。

ひとつの命を共有する私とあなたの時間が交わることは、本来ないはずだから。

こうして会って話せているのは単なる奇跡で。本当は存在しないはずの、幻の時間。

私の〝ありがとうを伝えたい〟という心残りを消化するためだけに作られた、すぐに消えてしまう夢のような時間。

それが、悠日くんのいる時代に来て、最初にわかったことだった。心残りを果たしたら、すぐにでももとの時代に戻る、というもの。

だから、それを言ってしまったら、悠日くんの前から、きっと消えてしまう……。

それを理由に、この一年言うことを躊躇ってきたけど。

それでも、と。

「悠日くん。きっと、この言葉をあなたに伝えた時が、私たちの別れの瞬間なんだよ」

でも。

そんな私の言葉も思考も、悠日くんの言葉が全部遮った。

「もうすぐで外出の許可が降りるから、一緒に海に行こう」

朝陽の話を聞いて、言葉上では信じられないことなのに、朝陽の鳴らす鼓動は、確かに自分のものと同じだと、なぜだか確信が持てた。

きっと、この話をすることと、僕との別れを覚悟して会いにきてくれたと思うのだけど、別に今すぐに死ぬわけじゃないんだから、まだ別れなくていいよね。なんて考えてしまった僕は、彼女の覚悟を結果的に無碍《むげ》にすることとなった。

*

――もうすぐで外出の許可が降りるから、一緒に海に行こう。

それを聞いた朝陽は呆然としていたのが印象的で、よく覚えている。まるで、私の覚悟はどうすれば。なんて言ってるみたいで。

でも、そんな僕のわがままは、終わったと思っていたはずの彼女との時間を、少し延長させた。

外出許可が降りるまで、毎日僕の病室に通ってくれて、たくさん話をした。過去だけでなく、きっと一緒にいられない未来の分も埋めようとしているみたいに、本当にたくさん。

勝手に夜の病院を抜け出して、コンビニで好きなものを買い漁って豪遊したり。

朝陽がなにやら重そうに抱えて持ってきた、据え置きのゲームを病室のテレビに繋げて一緒に遊んだり。

朝陽の言っていた通り、朝陽もきっと病院通いの子だったんだろうから、病院での立ち回りがものすごく上手くて感心すら覚えた。

そうして日々を過ごしていると、あっという間に。

その日は来た。

「どうして海なの？」

冬の終わり、まだ春が訪れる前の中途半端な時期。

朝陽の疑問はもっともで、この季節に海に来ているカップルなんて、僕らを除いて誰一人としていなかった。たまに、ペットと散歩している人が通るくらい。

「水平線からなら、陽が見えやすいと思ったから」

陽が落ち始めた黄昏時《たそがれ》。

徐々に空が闇に覆われようとしている中、視界の中心にはまだ落ちまいとする夕焼けが見てとれた。

「夜に呑み込まれないよう、必死に光を伸ばして夕焼けという景色を作っている感じが、今の僕にそっくりじゃない？」

「自虐でしか言えないことでしょ。寿命もそうだけど、朝陽ともっと長く一緒いたいからって、こうやって先延ばしにしてきて」

「それ自分で言う？」

「ふふっ、そうね。私の覚悟なんて無かったことにされちゃったもんねー」

この日までにお互い、ある程度の心持ちを決めてきたからか、会話はいつも通りのようにできていたと思う。

でも、少し寂しいと感じた。

肌寒い気温のせいか、控えめな波の音のせいか、人通りが少ないせいか。きっとそのどれもだろうし、根本は違うところにあるのだろうけど。まだ、目を逸らしていたい。

「でも、悠日くんの言葉、私は好き」

「うん？」

「夕陽が沈んで朝陽が昇るように、私たちの命も繋がっているって」

「上手いこと言ったでしょ」

「こら、調子乗らないの」

そんなことを言って、見つめ合いながら、同じタイミングで吹き出す。ずっと、このままこの時間が続けばいいのに、って。

「月並みなこと言ってるって思うかもそれないけど、ずっとこのままいたいね」

朝陽も同じことを思ってくれている。それだけで、心の幸福度が一杯になる。

でも、いられるわけがない。

どんなふたりよりも、僕と彼女だけは、一緒にいることが許されない。

だって。

僕はもう死んでしまうから。

そして。

僕が死なないと、彼女が助からないから。

だから。

決して一緒にいることが叶うことはない。

「僕、朝陽には初めて会った時から、この人には嘘つきたくない、なんて思ってたんだ」

「へぇ、それはまたどうして？　私が可愛すぎたから？」

「こら、調子に乗らないの」

やり返し。頭をチョンっと叩いてみると、大袈裟に反応してくれる朝陽がやっぱり愛おしくて、可愛かった。

「きっと、朝陽がずっと素直に、言ったら愚直に、僕に向き合ってくれていたから。

朝陽が隠していたことや嘘ついていたことがあるのは知っているけど、根本にある、朝陽の僕に対する想いは、初対面の時から揺るがなかったんだなって」

「そっか。うん。そうだね。好きがたくさん増えたけど、会う前からずっと抱えてきた想いは、今もずっと変わらない。今日だって、今までだって、この想いを伝えにあなたに会いに来たんだから」

朝陽には、もう心残りがあるような感じはしなくなっていた。僕なんて、まだ覚悟すらできていないのに。先延ばしにすることばかり、考えて……。

「悠日くん、もっと一緒にいたかったね」

その過去形をやめてほしい。

「メモ帳のやりたいことリスト、全部は消化できなくてごめんね」

その謝罪をやめてほしい。

「なんで誰よりも好きな人と一緒にいられないんだろうね……」

その表情をやめてほしい。

「悠日くん――」

「僕はっ!!」

「…………」

「……僕は、朝陽と一緒にいたい。一緒に笑って、泣いて、怒って、喜んで。そうやって、どの感情もふたりで共有し合いたい」

「うん」

「次は国内だけじゃなくて海外に行ったっていいかもしれないね」

「うん……」

「その前にちゃんと職に就いて、お金を貯めて、結婚してからの方がいいかな」

「うん……っ」

「それから、それからそれから……ええっと……」

「悠日くん」

「ちょっと待ってね、今考えてるから……」

「悠日、くん……っ」

それは抱擁《ほうよう》だった。

肌が触れ合って、温もりを感じる。この寒空の下では安心感のあるものだった。

僕たちは、ちゃんと存在している。そう感じられるだけで、落ち着きを取り戻せた。

「朝陽、ごめん」

「私こそごめんね」

「朝陽が謝ることなんて……」

「私が現れさえしなければ、悠日くんがこんなに悲しい思いをすることなかった……」

「それ、本気で言ってるんなら怒るよ」

「でも……」

「朝陽と会わなかった僕はきっと何も無かった。なにもなく、ただ嘘つきって呼ばれていた人間が、人知れず死ににいくだけだった。朝陽が未来から持ってきたメモ帳を見れば、そんなのわかるよ」

それを、君が、朝陽が全部変えてくれたんだ。朝陽がいるだけですべてが照らされ、輝いて見えた。それは文字通り、僕の人生の最後の瞬間に、朝陽が差し込んだみたいに。

「僕は、朝陽になによりも感謝してるんだよ。なによりも誰よりも。だから、本当にありがとう」

「うん……」

「朝陽だって、謝りに来たわけじゃないんでしょ？」

感謝の言葉を伝えるために、未来から会いに来たと、朝陽は言った。

きっと、過去に迷い込んでしまうほど、その感謝の想いを募らせて。

僕は、できることならいつまでだって一緒にいたいし、どこまでだって共にありたい。それでも、朝陽のいるべき場所は僕の隣ではなくて、いるべき時代は僕の生きている時代ではないから。きっと、もとの場所には、朝陽を待つ人だっているし、待っている未来があるんだから。

だから、言ってもらわないと。

出会って一年。その中で、一度も言われたことがない、大切な言葉。僕が言っても、こちらこそ、としか返さなかった、その言葉。

「悠日くん……」

「うん。悠日だよ」

「…………」

「…………」

その言葉が、同時に別れの言葉であると知っているから。

「僕は、朝陽が好き」

「…………」

「誰よりも尊敬してるし、信頼してるし、大切に想ってる」

「…………」

「朝陽のことを、心から愛してるよ」

僕の唐突なそんな言葉を聞いて、朝陽は涙を溢れさせながら、それでもゆっくりと口を開いた。

これが、最後の言葉だと、理解しながら。

ただただ、耳を傾けた。

「……うぅ……悠日、くん。……ありがとう」

「出逢ってくれてありがとう……」

「うん」

「それは僕のセリフだよ」

「たくさんの、経験を、ありがとう……」

「朝陽がいたからだよ」

「愛してくれて……ありがとう」

「こちらこそ」

「命をくれて、繋いでくれて、本当に――」

――ありがとう。

最後に、薄らと口元に柔らかな感覚を残して、彼女、相沢朝陽は、消失した。

本当に、その言葉を言いにきただけだと言うように。

冬の終わりの気温は、すぐさま彼女のいた形跡である温もりを奪い、夕陽ももうほとんど沈んでいた。街中の街灯が点き、朝陽のいない夜を迎えた。

やり残したことがないわけではない。

思い残すことだって少しはあるだろう。

死ぬのが怖くないなんてことも言えない。

でも、これから死にゆく誰よりも、僕は穏やかに、そして、希望を胸に、この生に幕を下ろせる。

僕が繋ぐ、次の生を知っているから。

僕が好きな、あの子が生きていてくれるから。

だから、僕はもう——。


彼女と別れてから丁度一か月。

ようやく桜の蕾《つぼみ》が開花を見せ始めた初春のこと。

僕、広川悠日は、両親に看取られる形で、自分の人生を終えた。

＊

なにか、夢を見ている気がする。

私と同じか少し上くらいの、男の人。

他人に嘘つきだと言われ続けて、自分の殻に閉じこもってしまっている、窮屈《きゅうくつ》そうな人。

でも、この人が優しい人だと、素敵な人だと、私は知っている。

その人は、私にすべてをくれた、誰よりも愛している人だから。

夢の中のあなたは、なにやらメモ帳に書き込んでいる様子だった。

きっと、自分が書いているところを見られるなんて思ってないんだろうなー、って。


——朝陽。


ふと、あなたの声が私を呼んだ。

それだけで心が弾む。

こんなにも、好きなんだ。

そんな夕焼けが街を染めるように、私の心まで染め上げた彼を想って——。

目が覚めると、学校だった。講義中に居眠りをしていたらしい。

近くにいた友人は「朝陽寝過ぎ〜」なんて言ってきて、その反応まで含めて特に変わったところはなく、五年も前に戻ったわけでもなさそうだった。

ただ、私は一冊のメモ帳を胸に抱いていた。

そのまま、見開く。

『僕の分まで泣かなくていいから、その代わり僕の分まで笑って。僕のことは忘れて、幸せになってください』

あの人はバカなのかもしれない。

それが優しい嘘のつもりなのかな。不器用にも程ある。

私の体は、あなたが生き長えさせているようなものなのに。

私が、悠日の分まで生きて、泣いて笑って幸せになるんだから。

そう、歯を食いしばって様々な感情が渦巻いた本流をなんとか抑える。

そうしている私の姿を心配したのか、それもと緊張しているとでも思ったのか、思いも寄らない声がかかった。

「脳が甘いもの欲してるんだよ」

ふふ。

バカみたい。

私は、そんな変な嘘をつく人なんて、その世に一人しか知らないもの。

これは、世界で一番優しい嘘つきなあなたと、命を繋ぐ物語。

世界でいちばんかわいいきみへ

此見えこ

倫《りん》ちゃんは、世界でいちばんかわいい、俺の幼なじみだった。

「ウェディングドレスを着たい」

月曜日の朝。いってきます、と告げて開けた玄関扉の向こう。

倫ちゃんが、家の前で待ちかまえていた。

中学生の頃から乗っている赤い車体の自転車にまたがり、こちらを睨《にら》むように見据えて。

彼女は開口いちばんに、そう言った。

「え、倫ちゃん。おはよ」

彼女と顔を合わせるのは、ちょっと久しぶりだった。夏頃から学校を休みがちになり、日に日に元気をなくしていくように見えていた彼女は、先週、ついに一日も登校しなかったから。

それがなくとも、俺たちのあいだの距離は、最近少し開き気味だった。こうして彼女と面と向かって言葉を交わすのは、たぶん三ヵ月ぶりぐらいだ。

そのせいで、久しぶりに見た彼女のかわいさに、俺はつい目を奪われた。

どんなにけわしい表情をしていようと、倫ちゃんの完璧なそれはみじんも崩れない。

それどころか、ぎゅっと眉を寄せたその表情すら素晴らしい。寸分の狂いもなく作られた石膏像《せっこうぞう》みたいだ。この顔にならずっと睨まれていてもいい。むしろ睨まれていたい。

なんてことを噛《か》みしめながら、彼女のしかめっ面に見惚《みほ》れていたら、

「ねえ、聞いてた？」

「え」

「ウェディングドレスを着たいって言ったの、わたし」

ぼけっとしていた俺に、倫ちゃんの投げつけるような声が飛んできた。

「あ、うん」我に返り、俺はあわてて相槌《あいづち》を打つと、

「ウェディングドレスね。……ウェディングドレス？」

彼女のかわいさのせいでうっかり聞き流してしまっていた単語を、ようやく拾って訊き返す。

それは平日朝にはだいぶ不釣り合いな単語で、一瞬理解が追いつかなかった。

呆《ほう》けたように倫ちゃんを見た俺に、彼女は真剣な顔のまま頷《うなず》いて、

「今からわたし、ウェディングドレスを着にいく」

「え？」

「だからついてきて、りょーちゃん」

ぽかんとする俺にかまわず、倫ちゃんは当然のように告げて、自転車の後ろを指さ

した。乗れ、ということらしい。

「え、なに、今からって？」

訊き返しながら、俺はもう促《うなが》されるまま倫ちゃんの自転車にまたがっていた。

倫ちゃんが乗れと言うなら、そりゃ乗るしかないので。彼女がどこへ行くつもりだろうと。

「今から」

「学校は？」

「さぼるに決まってるでしょ」

倫ちゃんが制服ではなく白いカットソーとデニムを着ている時点で、充分そのつもりなのは察していたけれど。

当然のように返された答えに、俺はちょっと眉を寄せる。

いや、べつに俺がさぼるのはどうでもいい。倫ちゃんのお願いなら迷いもしない。

だけど、

「倫ちゃん、そんなにさぼって大丈夫なの？　先週もずっと来てなかったじゃん」

ふと心配になって訊ねれば、「いいよ」と撥《は》ねつけるような声が返ってきた。

「学校なんて、べつにもうどうでもいいし」

「いや、どうでもよくはないでしょ」

「どうでもいいよ。だってわたしは」

そこでふと言葉を切った倫ちゃんは、少しだけ黙ったあとで、

「とにかく、時間がないから」

話題を切り上げるように言って、ペダルに足を乗せた。

だから俺も、それ以上はなにも言わなかった。

目の前にある倫ちゃんの華奢《きゃしゃ》な背中と、茶色い後れ毛が散らばった細い首筋を眺《なが》めながら、ただサドルの後ろのほうを、ぎゅっと握った。

「そういえば倫ちゃん、ウェディングドレスがどこで着れるのか知ってるの？」

「当たり前じゃん。ちゃんと調べたよ。通町《とおりまち》のドレスショップを予約してる」

走り出した自転車は、ふたり分の重みによろけることもなく、まっすぐに進んでいく。

倫ちゃんの後ろに乗るのは久しぶりだったけれど、昔と変わらず、倫ちゃんは漕《こ》ぐのが上手だった。

小学校の頃から、自転車に乗れなかった俺を、倫ちゃんは何度も後ろに乗せて走ってくれた。

「え、予約？」

「せっかくなら気に入ったドレス着たかったし」

「なんて言って予約したの？」

「将来、結婚式を挙げる予定だから、試着したいって」

「……そっか」

高い位置でひとつに束ねられた倫ちゃんの長い髪が、やわらかく風になびく。少し茶色い彼女の髪は陽《ひ》の光を透かして輝いていて、まったく後ろ姿まで惚れ惚れするほど完璧だ。倫ちゃんを見ていると、かわいい女の子というのは髪の毛先一本一本まで洗練《せんれん》されているのだなあと、つくづく感動する。

小学校の頃からもう何度眺めたかわからないのに、何度目だろうとその感動は鮮烈《せんれつ》だった。

きっと、この先もずっと、そうなのだろう。あの日から六年間、そうなのだから。

この子の寸分の隙もないかわいさに、俺は感動し続けるのだ、きっと。一生。

「ああでも、きれいだろうなあ、倫ちゃんのウェディングドレス姿」

「当たり前でしょ」

そんな倫ちゃんの背中を眺めていたら急に猛烈《もうれつ》に楽しみになって、しみじみと呟《つぶや》けば、彼女からは即座にそんな言葉が返ってきた。

あまりに当たり前すぎることを言われて、ちょっとあきれたようにも聞こえたその

声に、俺は思わず笑いながら、

「当たり前か」

「そうだよ」

「そりゃTシャツでもそんだけかわいいんだから、ドレスなんて着たらやばいね」

「泣いたりしないでよ」

「いや泣くかも。あ、なんか想像しただけで泣きそうになってきた」

「やめて。恥ずかしいから」

倫ちゃんはおかしそうに笑ったけれど、俺は本当にちょっと鼻の奥がつんとしてきて、何度か強くまばたきをした。

「今日は、ただの試着なんだから」

そのあいだに、倫ちゃんの言い聞かせるような声が続く。今日は、の部分にやけに力がこもっていた。

「試着か」

「そう。泣くのは、本番までとっておいてよ」

「……本番か」

「うん」

前を向いている倫ちゃんの表情は、見えない。

俺はまた、サドルをぎゅっと握りしめた。

＊＊＊

倫ちゃんとはじめて会った日の衝撃は、今も忘れられない。

小学四年生の春だった。

その圧倒的なかわいさを目の当たりにしたとき、俺はただ無性《むしょう》に、猛烈に、感謝したくなった。

生まれてきてくれてありがとう。俺と出会ってくれてありがとう。それから神様にも、こんな傑作《けっさく》を作ってくれてありがとう、と。

思えば神様に感謝したのなんて、それが生まれてはじめてだった。

神様なんて、今まではずっと、恨んでばかりの存在だったのに。

その日の俺は本当に心の底から感謝して、心の中でお礼を言うだけでは足りなくて、ついには実際に手を合わせて拝《おが》んでいた。とりあえず、目の前の倫ちゃんに向かって。

「え……な、なに？」

突然拝みはじめた俺に、倫ちゃんはそれはもうドン引きしていた。

当たり前だ。公園でひとり泣いていた倫ちゃんに、いきなり俺が声をかけてきたかと思ったら、今度はおもむろに拝みはじめたのだから。不審者以外のなにものでもない。

だけど拝まずにはいられなかった。無性に、そうしなければならない気がした。たぶん子ども心に、俺はこの出会いが幸運で、かけがえのないものであることを悟っていた。

この子が俺のことを好きになってくれるかとか、仲良くなれるかとか、そんなことはどうでもいいと思うぐらいに。

ただ好きだと、痛烈に思った。それだけで世界の色が変わっていくのを、たしかに感じた。

それは俺の、生まれてはじめての一目惚れだった。

＊＊＊

「あのさ、倫ちゃん」

「なに」

目的のドレスショップはなかなか遠かった。

しだいに無言になる倫ちゃんの背中にそっと声をかけてみれば、少し息の上がった声が返ってくる。白い首筋に、うっすらと汗が浮かんでいるのが見えた。

「先週、なんで学校休んでたの？」

ほんの少し、倫ちゃんの肩が揺れた。

「一週間ずっと休むなんて、はじめてだったよね。なんかあったの？」

「……べつに」

少し間を置いてから、素っ気ない調子の声が返ってくる。

「ただ、ちょっと東京行ってただけ」

「は、東京？」

「リズのライブがあったから」

リズというのは、倫ちゃんが小学生の頃からずっとハマっているアーティストだ。地元でライブがあるときは欠かさず参戦していたぐらいには、彼女がファンだということは知っていたけれど、

「え、ライブのために、わざわざ東京まで行ったの？」

「夏のフェス行けなかったし、どうしても行きたかったから」

「……そういえば、フェスはなんで行けなかったの？」

「べつに、ちょっと忙しくて」

倫ちゃんの返答は、なんとなく歯切れが悪い。俺はもっと突っ込んで訊ねたかったけれど、ちょうどそのとき、倫ちゃんが「着いた」と呟いて、自転車を止めた。

横幅の狭《せま》い、四階建てのビルの前だった。

「ここ？」

「うん」

目をやると、ガラス張りの店内に、何着かのきらびやかなドレスがディスプレイされているのが見えた。

自転車を降りた倫ちゃんは、さすがに汗をかいていた。十月に入ってだいぶ涼しくなったとはいえ、三十分以上も自転車を漕いでいたのだ。しかも、後ろに自分より大きな男を乗せて。

「倫ちゃん大丈夫？　ごめんね、俺重かったでしょ」

「ぜんぜん、これぐらい余裕。最近鍛《きた》えてるし」

「え、鍛えてるの？」

「そうだよ」

さらっと告げられた部分についても、もっと突っ込んで訊ねたかったけれど、倫ちゃんはさっさと自動ドアをくぐってお店に入っていく。はじめて訪れるおしゃれな空間に緊張しながら、俺もあわてて彼女のあとに続いた。

「白石《しらいし》様、お待ちしておりました」

店内に入るとすぐに、ひとりの女性店員さんが駆け寄ってきた。

店員さんは倫ちゃんの名字を呼び、気安い感じで軽く言葉を交わしてから、「こちらです」と案内を始める。

三人で狭いエレベーターに乗り、二階へ上がると、

「うわ」

扉が開くとすぐに、一面のガラスケースにずらりと並んだウェディングドレスが目に飛び込んできた。

思わず声を漏《も》らした俺の横で、倫ちゃんはもう何度も訪れているのか、慣れた様子で足を進める。

ガラスケースの向かい側には、やけに大きな鏡と、広い試着スペースがあった。

あらかじめ倫ちゃんが選んでいたのだろう。そこに、一着のウェディングドレスが掛けられている。

光沢のある生地《きじ》で作られた、シンプルなAラインのドレス。

それを目にしただけで、俺は一瞬、息が詰まった。

ああ、ぜったい、倫ちゃんに似合う。見た瞬間に確信する。

いや、倫ちゃんに似合わないドレスなんてあるわけがないけれど。でもきっと、あ

のドレスが、彼女にはいちばん似合う。

「着替えてくるから、ここで待ってて」

ドレスに見惚れる俺に倫ちゃんはあっさりと告げて、店員さんといっしょに試着スペースに入った。カーテンが引かれ、ふたりの姿が見えなくなる。

どこもかしこもキラキラした居心地の悪い空間にひとり残された俺は、とりあえず近くにあったソファに座った。

倫ちゃんが消えたカーテンのほうを見つめる。あのウェディングドレスを着た倫ちゃんを、もうすぐ見れる。今更ながらそんなことを実感して、いっきに膨らんだ期待に、息が苦しくなる。

じっとしていると押し寄せる期待と緊張に耐えられなくなってきて、俺はスマホを取り出した。

適当にネットを開いたところで、ふと、さっき聞いた倫ちゃんの言葉を思い出す。

「……リズのライブ」

アーティスト名で検索すれば、すぐに見つかった。

たしかにリズは今、ライブツアー中らしい。だけど倫ちゃんの言っていた先週、東京でライブは開催されていない。ライブ日程によると、どうやら先週のリズは札幌にいたらしい。

なんともあっけなく見つけてしまった真実に、思わず苦笑が漏れる。

「倫ちゃん、嘘つくの下手だなあ……」

どうしてわざわざ、こんなにすぐバレる嘘をついたのだろう。

だけど倫ちゃんは、昔からずっとそうだった。

嘘をつくのが、下手くそだった。

＊＊＊

なんでもないの、と。

あの日も、真っ赤な目をして震える声で、倫ちゃんは下手くそな嘘をついた。

公園でひとり泣いている倫ちゃんを見つけ、俺がはじめて、彼女に声をかけたとき。

「ブスって、言われて……」

それでも、その後いきなり拝んできた俺にドン引きしたことで、だいぶ落ち着きを取り戻した倫ちゃんは、小さな声で少しだけ話してくれた。

いつの間にか、彼女の涙はすっかり引っ込んでいた。けれど俺はもう、このまま彼女を置いて帰る気なんてみじんもなくなっていた。

はじめは、泣いている倫ちゃんのことが気になって、なんとはなしに声をかけてみただけだった。だけどこの数分のあいだに、俺は全身全霊でこの子の力になることを決めていた。

泣いていたのだから、なにか嫌なことがあったのは間違いない。だったら俺は、その原因をなんとしても取り除いてやりたい。そうして、泣き顔ですらこれだけかわいいこの子の、全開の笑顔が見たい。

いくらかの下心も含めたそんな思いで、俺はベンチに座る彼女の隣に座り、「なにがあったの」と再度優しく訊いてみた。そうしたら「クラスメイトからブスと言われた」という返答が、消え入りそうな声であったのだけれど、

「はあ？　ブス？　ブスって？」

あまりに信じがたい言葉を彼女が口にしたものだから、俺は思いきり素っ頓狂な声を上げてしまった。

「あ、ブスっていうのは、えっと、めちゃくちゃかわいくないってことで……」

その反応になにか勘違いしたらしい倫ちゃんが、ブスの説明を始める。そうしているうちに自分の口にした言葉にまた傷ついてしまったらしく、泣きそうな顔になる倫ちゃんに、

「いやいや、そうじゃなくて」

「え？」

「それさ、きみが言われたわけじゃないと思うよ」

「へ」

「ブスって。だってきみ、どう見てもブスじゃないし。めちゃくちゃかわいいし」

それだけは、一片の曇《くも》りもなく断言できた。

だからまっすぐに倫ちゃんの目を見つめ、できる限りの力をこめて告げたのだけれど、

「……なに言ってるの」

倫ちゃんは眉根を寄せ、なにか変な人を見るような目で、俺を見つめ返した。

「わたし、かわいくないよ」

迷いなくそう言い切った倫ちゃんの声も、なぜか一片の曇りもなかった。

謙遜《けんそん》して言っているわけではないのは、すぐにわかった。

そう言った倫ちゃんの目は暗く、ひどく卑屈《ひくつ》に淀《よど》んでいたから。

「いやかわいいよ。シノミヤアオイよりかわいいよ」

「え、誰って？」

「昨日テレビで見た女優。今年のなりたい顔ランキング一位とか言われてたけど、きみのほうが断然かわいい。きみもテレビ出ていいレベル」

本気で力説する俺の顔を、倫ちゃんはあいかわらず変な人を見るような目で眺めな

がら、

「ありえない。かわいくないって」

「かわいいって。なんでそんなこと言うの？」

わけがわからなくて、なんだか悲しくなる。訊ねると、「だって」と倫ちゃんはうつむいて、

「みんな、そう言う」

「みんなって誰？」

「クラスの、女の子たちとか」

「誰が言うの？　全員の名前教えて。ていうかまず、きみの名前教えて。あ、俺は宮《みや》原諒《はらりょう》です。昨日、四年二組に転校してきました。きみ同じクラス？　違うよね。こんなくそかわいい子いたらさすがにすぐ気づくだろうし」

俺が勢い込んでまくしたてると、倫ちゃんはちょっと困惑した表情で顔を上げて、

「……わたしも、四年二組」

「えっ、うそっ」

「わたしは、白石倫、です」

その後、渋る倫ちゃんから、彼女のことをブスと言ったらしいクラスメイトの名前を、どうにかすべて聞き出した。

聞いているうちにわかったのは、どうやら倫ちゃんがブスと言われたのは今日がはじめてではなく、ブス以外の悪口もいろいろ言われているらしい。仲間外れにされたり無視されたりといった嫌がらせも、日常茶飯事のようだ。

ひとしきり聞き出して彼女の置かれている状況をなんとなく理解した俺は、全力で遠慮する倫ちゃんを押し切って、彼女を家まで送った。

もう空はけっこう暗かったから。こんなにかわいい倫ちゃんが、誘拐でもされたら大変だから。

翌朝、登校すると、たしかに四年二組の教室に、倫ちゃんがいた。

窓際の後ろから二列目。顔を隠すようにうつむいて、本を読んでいる。

どうやら俺が気づかなかったのはそのせいだったようだ。彼女の長い髪は、横顔を完全に覆ってしまっている。

昨日までこのクラスのクラスメイトと仲良くする気なんてぜんぜんなかったから、俺が興味を持っていなかったせいでもあるだろうけれど。

だけどもう、今日からは違う。

俺にはやるべきことができた。

昨日倫ちゃんから聞いた名前を、写真つきのクラス名簿と照らし合わせて、しっかり顔も覚えてきた。

ああきっと俺は、このためにこの学校に転校してきたのだと、そのとき思った。

＊＊＊

カーテンの開く音に、はっとして顔を上げる。

そうしてそこにあった光景に、本当に一瞬、呼吸の仕方を忘れた。

まばたきも、言葉も。

ぜんぶ、数秒前に落としてしまった。

つやっとした純白の生地。装飾《そうしょく》はほとんどなく、ただなめらかな曲線を描き、足元に向かってドレープが広がっている。

ああ、きっとこれは、倫ちゃんのために作られたドレスなのだと思った。

だってあまりにも完璧だった。小さな顔も、長い首も、華奢な肩も、絵に描いたようにくっきりとまっすぐな鎖骨も。

すべてそれに合わせて設計されたかのように、ドレスが美しさを引き立てていた。

「りょーちゃん」

つかの間、世界から音が消えていた。

戻ってきたのは、俺を呼ぶ、困り果てたような倫ちゃんの声がしたときで。

「泣かないでって言ったじゃん」

「……ごめん」

謝りながら、俺はそこではじめて気づいた。じっとこちらを見つめる倫ちゃんの顔が、にじんでいることに。

まばたきをすると、雫《しずく》が目からこぼれて頬《ほお》が濡れた。

一度あふれた涙は、次から次へと止めどなくこぼれ落ちてくる。

倫ちゃんの隣にいた店員さんが、ちょっと気まずそうに、さり気なく俺たちの傍から離れていったのがわかった。

「ねえ、りょーちゃん」

「うん」

「どうですか、わたし」

「……いや、最高ですよ。最高すぎて涙が出る」

そうだ、これはもう倫ちゃんが悪い。この美しさはもはや暴力だ。

目の奥が熱い。息が苦しい。

許容量を超える美しさを見たとき、人間は涙腺《るいせん》が壊れてしまうのだと、俺はそのときはじめて知った。

拭《ぬぐ》っても拭っても、意思とは関係なく、あふれる涙が止まらない。

……きっと、見ることなんてできないと思っていた。倫ちゃんの、こんな姿。

「世界一？」

「これはもう銀河一かな」

しばらく拭ったあとで、もう諦めた。それよりも、できるだけ長く、今の倫ちゃんを目に焼きつけておかなければいけないと思った。

だから目元を拭うのはやめて、またまっすぐに倫ちゃんの姿を見つめれば、

「りょーちゃん」

「うん？」

「今も、わたしのこと、世界でいちばんかわいいって思ってくれてる？」

にじむ視界で、倫ちゃんの顔が、かすかに歪《ゆが》んだように見えた。

「もちろん」と俺は一秒も迷うことなく頷く。

あの日から、ずっと。その気持ちだけは、一瞬たりとも揺らいだことはなかった。

「世界どころか、銀河でいちばんだと思ってますけど」

「じゃありょーちゃん、わたしと結婚して」

「それは無理」

即答すると、倫ちゃんはぎゅっと眉根を寄せて、俺を睨んだ。

あいかわらず、そんな顔ですら絵になる。

世界でいちばんかわいいと、心から思う。あの日からずっと。

俺の、なによりも大切な女の子。

「なんで」

「結婚しても、どうせすぐに別れることになるじゃん。なんかもったいないし」

「なに、もったいないって」

「結婚の手続きってぜったい面倒でしょ。短い結婚生活のために、そんな大変な思いしたくないというか」

「……最低」

倫ちゃんの表情が、叩《たた》かれたみたいにぐしゃりと崩れる。

「薄情者」

「ごめん、俺薄情なんだよ」

「いいから、結婚してよ」

「無理だってば」

再度答えると、倫ちゃんはなにかに耐えるような顔で黙り込み、唇を噛んだ。

今にも泣きそうな、彼女のそんな表情を見るのは、久しぶりだった。

公園で目にしたとき、この子を笑わせるためならなんでもしてやりたいと、生まれてはじめての痛烈な衝動に駆られた、その顔。

今だって、そう思う。

あの日からずっと、倫ちゃんは俺の世界のすべてだった。

倫ちゃんのためなら、なんだってしてやりたい。倫ちゃんが笑ってくれるなら、なにも惜しくない。

だけど——それだけはできない。

「あの」

会話が途切れたところで、横から遠慮がちな声がかかった。

振り向くと、店員さんがなんとなく気遣《きづか》わしげな顔で、こちらを見ていた。

店員さんは両手を顔の前に持ち上げ、親指と人差し指で四角を作ると、

「よかったら、お写真、お撮りしましょうか？　せっかくですし、おふたりで」

「あ、いや」と俺が遠慮しかけたのをさえぎり、

「お願いします」

と倫ちゃんがはっきりとした声で告げた。

え、とためらう俺にかまわず、倫ちゃんはドレスの裾を軽く持ち上げ、試着スペースの棚に置いていたバックパックのほうへ歩いていく。そうして中からスマホを取り出すと、「じゃあ、これで」と店員さんに渡していた。

「りょーちゃん、早く。こっち来て」

「いや俺は」

「来て」

「はい」

近づくと、よりいっそう、彼女の美しさに圧倒された。

倫ちゃんの周りだけ、なにかに照らされているみたいに明るく見える。それとも、倫ちゃん自身が光を放っているのか。

六年間もいっしょに過ごしてきたというのに、そんな倫ちゃんの隣に並ぶのは、さすがに緊張した。

「せっかくですし、これ持ってください」

そう言って店員さんがてきぱきと持ってきたのは、造花でできた白いブーケだった。

それを倫ちゃんに持たせ、「両手で持って、手はこの位置で」なんて細かくポーズを指定してから、離れていく。

「はい、じゃあ撮りますねー」

にこにこと笑いながら、店員さんは倫ちゃんの赤いスマホを掲げた。

俺のほうはなんのポーズ指定もなかったので、ただぎこちなく倫ちゃんの隣に立つ。

そうしてどんな表情を作ればいいのかもわからないでいるうちに、シャッター音が鳴った。続けて三回。

「ありがとうございました」

何枚か撮ったあとでスマホを返してもらった倫ちゃんは、さっそく撮った写真を確認していた。

真剣な表情で画面に指をすべらせると、こちらへ開いた画面を向けて、

「見て、りょーちゃん。いい感じ」

「ほんとだ」

隣にいる棒立ちの俺はともかく、倫ちゃんの輝きは、写真の中でもまったく損なわれていなかった。

というより、写真の中の彼女は、もう本当に美しい絵画《かいが》みたいだった。

ドレスなんてはじめて着ただろうに、みじんも気おくれした様子はなく、堂々と背筋を伸ばした姿勢も完璧に美しい。ブーケの持ち方すらお手本のようだ。

「ありがとう」

そんな倫ちゃんを見ていたら、ひとりでに、喉《のど》から声がこぼれ落ちていた。

また少し、目の奥が熱くなる。

「最高の思い出ができました」

「違うから」

しみじみと呟いた俺の言葉を、鋭く訂正する倫ちゃんの声が飛んでくる。

「べつに、思い出作りに来たわけじゃない。これは前撮り」

だから、と張りのある声で倫ちゃんが続ける。

強い口調だったのに、どこか、弱々しくも響く声だった。

「いつか、ちゃんと、結婚して」

俺はただ曖昧《あいまい》に笑って、なにも言わなかった。言えなかった。

＊＊＊

あの日から、ずっと、毎日、何回も。

俺は倫ちゃんに伝え続けた。

朝、通学路で顔を合わせたとき。休み時間、倫ちゃんの席へ遊びにいったとき。昼休み、いっしょにお弁当を食べるとき。放課後、倫ちゃんの家の前で別れるとき。

「おはよう、倫ちゃん。今日もかわいいね」

「倫ちゃん、今日の髪型めっちゃかわいい。最高に似合ってる」

「そのシャーペンかわいいね。かわいい倫ちゃんにぴったり」

「ばいばい、倫ちゃん。今日もかわいかったよ。生きててくれてありがとう」

最初は「なに言ってるの」としかめっ面をされていたのが、そのうち、「もうやめて」と困ったように懇願《こんがん》されるようになって、それでもかまわず言い続けていたら、二ヵ月も経つ頃には倫ちゃんはなにも言わなくなった。

慣れたのか、反応するのにも疲れたのか。

「おはよう、今日も世界一かわいいね」という俺の挨拶に対して、「おはよう」とだけ返されるようになった。

髪型や服を似合うと褒《ほ》めたときも、前は「そんなことない」と否定されていたのが、「ありがとう」と短くお礼を言われるようになった。

あまりに言われ続けたせいで、俺の「かわいい」はもう、倫ちゃんにとって生活音みたいなものになったのかもしれない。

それでよかった。倫ちゃんの反応がどれだけ薄くなっても、俺はやめなかった。

半年経っても、一年経っても。倫ちゃんに、「かわいい」と言い続けた。

べつに義務感だとか感じたことはなかった。倫ちゃんは本当にかわいいから。倫ちゃんを見たら、ごく自然にその言葉が漏れてしまうので、ただそれを堪《こら》えなかっただけで。心の底からの言葉だったから、どれだけ言っても疲れなかったし、むしろ言い足りなかった。

そんなことをしながら、学校での俺は、ずっと倫ちゃんにひっついていた。いっしょに登下校をして、休み時間もずっといっしょにいた。

そうしてできるだけ、倫ちゃんがひとりになる時間を作らないように努めた。倫ちゃんに意地悪をしたがるクラスメイトたちも、さすがに俺といっしょにいるあいだは、倫ちゃんになにもしてこないようだったから。

授業中にふたり組を作らなければならないときは、ずっと倫ちゃんと組んだ。転校してからずっと倫ちゃんにひっついていた俺にも、倫ちゃん以外の友達なんていなかったので、そこは俺にとってもありがたかった。

男女でこれだけべったりしていたのなんて俺たちぐらいだったから、最初の頃はいろいろ言われたりもした。

変だとか、気持ち悪いだとか。明らかにつきまとっているのは俺のほうだったから、陰口の的は主に俺だった。むしろ倫ちゃんのほうは、変な男子につきまとわれて気の毒に、とちょっと同情されている感じだった。

だからかまわず、俺は倫ちゃんといっしょにい続けた。

倫ちゃんが「かわいい」攻撃に慣れたように、時間が経てばクラスメイトたちも慣れたようだった。異質なものとされていた俺たちも、いつしか、単なる教室の景色の一部になった。

そしてそのうち、倫ちゃんに対する嫌がらせは、消えていた。

もともと、倫ちゃんが糾弾《きゅうだん》を受けるようになったきっかけは、クラスのリーダー格だった女子の好きな男子が、倫ちゃんのことをかわいいと褒めたかららしい。

要はその子の一方的な嫉妬《しっと》だったのだけれど、当の倫ちゃんは転校生の変な男子とばかりつるんでいるし、そんな姿を見ているうちに彼女も熱が冷めたのかもしれない。

倫ちゃんはしだいに明るくなって、俺以外の友達も増えていった。

なんといっても倫ちゃんはかわいいので、うつむかなくなって笑顔も増えた倫ちゃんの周りには、自然に人が集まった。

そうなれば俺はもうお役御免だったのだろうけれど、倫ちゃんはまだ、俺といっしょにいてくれた。だから俺も、それに甘えた。

学年が上がっても、中学生になっても。

みるみるうちに垢抜け、誰もが認める美少女という感じになった倫ちゃんにも、俺は言い続けていた。

「おはよ、倫ちゃん。今日も世界一かわいい」

「知ってる」

謙遜すらしなくなった倫ちゃんに、俺は笑う。彼女がそれを知ってくれたことが、うれしい。叫びたいぐらいに。

だから俺はこれからも、彼女に伝え続けようと決めていた。

ずっと、ずっと。もう二度と、彼女がうつむかないように。

それだけが、俺の生きる意味だった。

＊＊＊

「ずっと、言ってたくせに」

倫ちゃんがうつむいて、ぼそっと呟く。

スマホを握る彼女の手が、かすかに震えていた。

「なにを？」

「わたしのこと、世界でいちばん、かわいいって」

「そりゃ、倫ちゃんは世界でいちばんかわいいから」

「じゃあ結婚してよ」

「それは無理」

駄々をこねるように繰り返す倫ちゃんに、苦笑する。

俺たちのあいだのなんとなく微妙な空気を察したのか、写真撮影が終わると、店員さんはまたふらっとどこかへ消えていた。

「なんで」と言いかけて、倫ちゃんは途中で思い直したように言葉を切る。

そうして一度強く唇を噛みしめてから、

「……わたしがあのとき、ひどいこと言ったから？」

「え？」

「だからりょーちゃん、怒ってるの？　幻滅した？　もうわたしのこと嫌いになった？」

「え、ちょっと待って」

急に泣きそうな顔になってまくし立てる倫ちゃんの言葉を、俺はあわててさえぎる。

「なんの話？　俺、倫ちゃんにひどいことなんて言われてないけど」

「だって、わたしのせいだって言ってた、りょーちゃん」

「……あー」

子どもみたいな口調で投げつけられた言葉に、俺はようやく思い当たる。

夏に病院で、俺が倫ちゃんにぶつけた言葉。

自分勝手な苛立ちをぶつけてしまったことが恥ずかしくて、あのあと、なんとなく倫ちゃんと気まずくなった。そのせいで、今日倫ちゃんと言葉を交わすのが久しぶりだったのだ。

だけど顔を合わせてからの倫ちゃんはいつもどおりだったし、あ、もう気にしていないのかな、なんて、都合の良い期待をしていたけれど。

そんなわけ、なかった。

途端《とたん》、恥ずかしさと申し訳なさがまたすごい勢いで押し寄せてきて、俺は頭を掻《か》きながらうなだれると、

「あれは、ごめんね」

「わたしが無神経なこと言ったから、りょーちゃんを傷つけたんでしょ?」

「違う違う。倫ちゃんはなんにも悪くないよ」

本当に、俺はなんてことをしでかしてしまったのだろう。

あらためて突き上げてきた後悔に、頭を抱えたくなる。

倫ちゃんにずっと、こんなことを思わせていたなんて。

「あんなの、俺のただの八つ当たりだから」

「……八つ当たり」

「そう。倫ちゃんはぜんぜん悪くない。というかごめんね、俺のほうこそ」

言いながら、倫ちゃんの肩にぽんぽんと軽く触れたときだった。

ぐしゃりと、倫ちゃんの表情が歪んだ。

ずっと堪えていたものが、崩れたみたいに。

泣き出しそうに目元を赤く染めた倫ちゃんに、一瞬、小学生の頃の彼女が重なる。

それぐらい頼りなく、幼い表情で、倫ちゃんは急に、俺の手をつかんだ。

「──行こ」

「へ」

どこに、と訊き返すより先に、倫ちゃんは強く俺の手を引いた。

片手でドレスの裾を無造作に持ち上げ、歩き出す。

手を握る力は強く、少し痛いぐらいだった。

まっすぐにエレベーターの前まで来た彼女は、ためらいなくボタンを押す。

「ちょ、倫ちゃん」

「白石様？　あの、どちらに──」

すぐに扉が開き、倫ちゃんに引っ張られるまま、エレベーターに乗り込もうとしていたときだった。フロアの奥のほうにいた店員さんが、驚いたように声を上げた。

「ごめんなさい」

足早にこちらへ歩いてくる店員さんの姿が見えたけれど、倫ちゃんは待たなかった。

閉ボタンを押しながら、店員さんへ向かって短く声を投げると、

「ちょっとだけ借ります。このドレス」

「えっ、あの、ちょっと……」

扉が閉まり、店員さんのあわてた声が途切れる。

足元が軽く揺れ、エレベーターが動き出す。

エレベーターの中でも、倫ちゃんはずっと俺の手を握っていた。

その手がひどく冷たく、そして震えていることに、俺はそこで気づいた。

だから俺は、「倫ちゃん」と呼びかけた声を、やっぱりのみ込んだ。

黙って倫ちゃんのほうを見れば、唇を噛みしめ、必死に涙を堪えるような横顔があった。


ドレスショップを出ると、道を歩いていた人たちが、ちょっと驚いたようにこちらを見た。遠慮なくこちらを指さして、なにかささやき合っている人たちも見えた。

そんな視線にも声にもまったくかまわず、倫ちゃんはお店の前に停めていた赤い自転車の鍵を外した。

「倫ちゃん」

「なに」

当然のように自転車にまたがろうとして、けれどさすがに長いドレスの裾に苦戦し

ている倫ちゃんに、俺は声をかける。そうして自転車の後ろを指さすと、

「倫ちゃん、後ろに乗って」

「え」

「ドレスじゃ漕げないでしょ、さすがに」

こちらを振り向いた彼女が、俺の顔を見る。

驚いたようにまばたきをする倫ちゃんに俺は笑顔を向けてから、自転車のサドルにまたがった。

＊＊＊

「えっ、りょーちゃんて、自転車乗れないの？」

雑誌を眺めていた倫ちゃんが、びっくりしたように顔を上げる。

昼休み。いつものように、俺が倫ちゃんの席まで遊びにきて、ふたりで倫ちゃんの好きなアーティストが載っている音楽雑誌を見ていたときだった。

来週発売されるというそのアーティストの新アルバムに、お店によって特典がつくらしい。特典が欲しい倫ちゃんは、発売日、自転車で四十分ほどかけて隣町にある対象店舗まで買いにいくのだと意気込んでいた。

小学四年生がひとりで出かけるには少し遠い距離のような気がして、俺は、別の日に親といっしょに車で行ったほうがいいんじゃない、と勧めてみたのだけれど、倫ちゃんは譲《ゆず》らなかった。

どうしても発売日に、自分の足で手に入れたいのだと。よくわからない、ファンとしての意地があるらしい。

それなら、と俺はすぐに諦めて、代わりに、「じゃあ俺もいっしょに行く」と告げた。倫ちゃんに、ひとりきりでそんな遠出をされるのは心配だったから。

倫ちゃんはぱっと顔を輝かせ、「ほんとに?」と声を上げてくれた。

だから俺もうれしくなって、「うん、まかせて」なんて力強く答えたのだけれど、

そのあとで、はたと思い出したのだった。

——そうだ、俺、自転車乗れない。

ぽつんとこぼした言葉に、倫ちゃんが、あまりに信じがたいことを耳にした、みたいな調子で訊き返してくるものだから、さすがにちょっと恥ずかしくなる。

うつむいて、ハイ、と小さく頷けば、倫ちゃんはそこについてはそれ以上触れずに、

「えー、じゃあどうしよっか。歩いていくにはさすがに遠いし……」

「うん、ごめん。残念だけど」

やっぱり俺は、いっしょに行けないや。

しょんぼりしながら、俺がそう続けようとしたとき、

「しょうがない。わたしの自転車に乗せてあげる」

「へ?」

「歩いていくのはきつそうだもん。じゃあ、時間はどうする? わたし、できれば朝から行きたい」

「え、待って、ふたり乗りで行くってこと?」

「そうだよ。ね、それより時間は? 朝の九時集合でいいかな?」

「あ、うん、俺は何時でも……」

「じゃあ九時ね。決まり」

戸惑《とまど》う俺を置いてさっさと話を進めてしまった倫ちゃんの顔を、ぽかんと眺める。

「ああ楽しみだな」かまわず、倫ちゃんはふたたび雑誌に目を落とすと、楽しそうな声をこぼした。

「この人たちの曲、本当にいいから。アルバム、りょーちゃんにも貸すからね。ぜったい聴いてね」

「……うん」

ふたり乗り危なくない? とか、むしろ歩いていくよりそっちのほうが倫ちゃんきつくない? とか。突っ込みたかった言葉は、けっきょく、ぜんぶ口に出さずのみ込

んでしまった。

倫ちゃんが当たり前のように、そう言ってくれたことがうれしくて。

倫ちゃんが、俺といっしょに行くことを、すでに確定事項にしてくれていることが。

本当に泣きたくなるほど、うれしかったから。

「ありがとう、倫ちゃん」

「ぜんぜんいいよ。布教活動の一環だから」

思わず呟いた俺の言葉を、倫ちゃんはべつの意味で受け取ったらしい。

歯を見せてにっこりと笑う倫ちゃんに、俺はまたどうしようもなく、拝みたい気分になった。

約束の日、倫ちゃんは本当に俺を自転車の後ろに乗せて、隣町まで連れていってくれた。

当時、女子にしては背の高かった倫ちゃんと、男子にしては小柄だった俺に、ほとんど身長差はなかった。

それでも、自分とほぼ変わらない体格の人間を後ろに乗せて、一時間近くも自転車を漕ぐのは、当たり前だが相当な重労働だったらしい。

十一月の肌寒い日だったけれど、お店に到着する頃には、倫ちゃんは汗だくになっていた。「大丈夫？」と心配する俺に、「ぜんぜん余裕。ちょっと暑かっただけ」なんて真っ赤な顔で笑っていた。

そんな倫ちゃんを見て、俺は自転車の練習をしようと決めた。今までそんなこと、一度も思ったことはなかったのに。

倫ちゃんは、ずっと、そうだった。

そうやって、いともたやすく、俺を変えていった。

＊＊＊

ペダルを踏みこむと、思った以上の重さに、少し驚いた。

——倫ちゃんはずっと、こんな重さを漕いでいたのか。

「りょーちゃん、いつの間に自転車乗れるようになったの？」

後ろから、倫ちゃんがびっくりしたように訊いてくる。

車体がぐらつきそうになるのを必死に堪えながら、「小四の秋」と俺は答えた。

はじめて、倫ちゃんの後ろに乗せてもらった日のあと。すぐに、練習を始めた。それこそ死ぬ気で。

父がいちおう買ってはくれていたけれど、一度も乗ることなく小屋の奥に眠っていた自転車を引っ張り出して。仕事終わりの父を付き合わせて、何度も転んで、擦り傷を作りながら。

「うそ。じゃあ教えてよ。なんでずっとわたしの後ろ乗ってたの」

「そのほうが楽だったから」

「……さいてー」

一ヵ月も経てばなんとか乗れるようにはなったけれど、倫ちゃんを後ろに乗せるのは怖くて、なかなか言い出せなかった。もし転んで、神様の最高傑作である倫ちゃんの顔に傷でも作ってしまったらと思うと、足がすくんで。

それに、倫ちゃんの自転車の後ろに乗るのが、俺はどうしようもなく好きだったというのもあった。

あれから、倫ちゃんはどこへ出かけるにも俺を誘ってくれるようになった。

少し遠出するときは、毎回、自転車の後ろに乗せてくれた。

ひとりのほうが楽だろうに、当たり前のように俺を連れていってくれる倫ちゃんがたまらなくうれしくて、自分が受け入れられていると、そんなことを実感してしまって。

そんな彼女をもっと見たくて、俺はつい、甘え続けてきてしまった。もう六年間も。

「わたし、いつもめっちゃ重かったんですけど」

「ごめんね」

「許さない」

後ろから伸びてきた倫ちゃんの手が、俺のお腹《なか》に回る。そうして、ぎゅっとしがみつくように力を込めながら、

「これからはりょーちゃんが、ずっと、わたしを後ろに乗せてよ」

「……うん」

「それでわたしを、いろんなところに連れていって。じゃないと許さないから、ぜったい」

前から吹きつける風に、前髪が後ろへ流される。

人の多い大通りを走っていると、さすがに視線が集まった。反対側の歩道から、足を止めてまじまじと眺めてくる人もいた。

前を向いている俺に、倫ちゃんの姿は見えない。それでも不思議なほどはっきりと、瞼《まぶた》の裏に描くことができた。

光沢のある純白は、日光を浴びて、目眩《めまい》がするほど眩《まぶ》しく輝いているのだろう。美しいドレープはふわりと広がり、やわらかく風になびく。彼女の、艶《つや》のある長い髪もいっしょに。

想像しながら走っているうちに、妙な高揚感が湧いてきた。気づけば、ペダルの重

さもあまり感じなくなっていた。

こんなに身体が軽いのは、久しぶりだった。

このまま、いくらでも漕いでいられる気がした。倫ちゃんが、後ろに乗っているなら、それだけで。

「ねえ、このまま」

そんな俺の高揚が、伝染《でんせん》したみたいだった。

お腹に回った倫ちゃんの手に力がこもり、ぎゅっと、彼女の身体が背中にくっつく。

「どこか、遠くに行こうよ、りょーちゃん」

顔を押しつけているのか、少しだけくぐもった声で、倫ちゃんは言った。

「……遠く」

「ずっとずっと遠くて、家族にも友達にも病院の先生にも、誰にも、ぜったい邪魔されないところ。りょーちゃん、このままわたしを連れていって。それで、そこで――」

耳を撫《な》でつける風が音を立てる。

だけどその声はかき消されることなく、奇妙なほどくっきりと、耳に響いた。

「りょーちゃん、いっしょに、死の？」

ふっと空を仰げば、目のくらむような青が、どこまでも高く広がっていた。

眩しさに、目を細める。

当たり前にそこにあった空のきれいさに、俺はあの日はじめて、感動したのを覚えている。

きっと、世界が色を変えたのだ。そうとしか思えなかった。彼女が俺の前に現れた、その瞬間に。

それからの世界は、ずっと美しかった。彼女が傍にいた世界は、いつも。

——だから、俺はもう。

「……それ、最高じゃん」

「でしょ」

後ろから返ってきたうれしそうな声に泣きたくなって、俺はペダルを漕ぐのをやめた。

自転車を止め、地面に片足を着く。

「りょーちゃん?」

「倫ちゃん、覚えてる?」

「え」

「ここで、俺、倫ちゃんにはじめて声をかけた」

「……当たり前じゃん。覚えてるよ」

小学校の通学路にあった、小さな児童公園。

帰り道に通りかかったここで、ひとり、ブランコに座って泣いている倫ちゃんを見つけた。

「なんか変な人来たー、と思って怖かったもん」

「いきなり拝みはじめるしね」

「そうだよ。心配して声かけてくれたのかと思ったら、ありがとう、とかぶつぶつ言ってるし」

「ありがとう？　俺そんなこと言ってた？」

「言ってたよ、何回も。覚えてないの？」

「……覚えてない」

だけどたしかに、言ったのだろう。だって今も、そう思っているから。

はじめて出会ったあの瞬間から、俺が倫ちゃんに対して思うのは、それぱっかりだ。

彼女が笑ってくれたとき。俺の名前を呼んでくれたとき。遊びに誘ってくれたとき。自転車の後ろに乗せてくれたとき。ウェディングドレスを着てみせてくれたとき。結婚しようと言ってくれたとき。いっしょに死のうと、言ってくれたとき。

ぜんぶ、死ぬほどうれしかった。生まれてきてよかったと思えた。本当に、心の底から。

だから、もう、

「ね、倫ちゃん」

──充分、なんだ。

「俺、倫ちゃんにプレゼントがあって」

「プレゼント？」

俺はこれ以上、倫ちゃんから、なにももらいたくない。

もらっては、いけない。

「ちょっと待ってね」

だから俺は自転車を降りて、前かごに入れていた鞄から、小さな白い箱を取り出す。

そうしてそれを手に、自転車に横向きに座ったままの倫ちゃんの前に、片膝をついた。

「うわ、なに？」

「倫ちゃん、これ」

跪《ひざまず》いたまま腕を伸ばし、彼女へその箱を差し出す。

青空を背負った、それはもう途方に暮れるほど美しい、ウェディングドレス姿の倫ちゃんに。

「もらってくれますか」

言いながら蓋《ふた》を開けると、箱の中身を見て、倫ちゃんが目を見開いた。

え、と掠《かす》れた声が、その唇からこぼれる。

「これ……」

「大丈夫、ちゃんとしたやつだから」

高校に入ってからすぐ、ちょこちょこと短期バイトを繰り返して貯めたお金。それまでほとんど使わず貯めていたお小遣いもぜんぶ注《つ》ぎこめば、それなりのものを買うことはできた。

「なに、ちゃんとしたやつって」

「安い偽物とかじゃないよって。本物のダイヤモンド」

「……本物？」

「そうだよ、もちろん」

世界でいちばんかわいい倫ちゃんに、偽物なんて贈れない。

たとえ一回だけでも、倫ちゃんがそれを身に着けてくれることがあるなら。

「……りょーちゃん、これって」

「うん？」

しばらく、倫ちゃんはまばたきもせずに箱の中身を見つめていた。

そのあとで、ちょっと困惑した様子で俺の顔へと視線を移し、

「プロポーズ、ってことでいいんだよね？」

「いや」

「違うのかよ」

「結婚は無理ってさっき言ったじゃん」

「なにそれ、じゃあいらない」

「そう言わずにもらって」

「プロポーズじゃないなら、いったいどういう意味の指輪なの？」

眉をひそめ、倫ちゃんが訊いてくる。こちらを睨みながらも、どこか不安げな色の浮かぶその目を、俺はまっすぐに見つめ返しながら、

「――将来、売ってください」

「は……」

「いつか倫ちゃんが、お金に困ったときとか。いちおうちゃんとした指輪だから、それなりにはなると思うし」

「……なに言ってんの」

「なんかそういう、倫ちゃんの助けになるようなもの渡せればなんでもよかったんだけどさ、現金渡すのはさすがにちょっと生々しいじゃん？　こっちのほうがロマンティックでいいかな、なんて」

「ふざけないでよ」

さすがに照れくさくてへらへらと笑っていた俺に、倫ちゃんの低い声が投げつけら

れる。同時に、彼女は自転車から飛び降りた。

ドレスの裾がふわっと広がり、スニーカーを履いた倫ちゃんの足が地面に着く。

視線の位置で、強く握りしめられた彼女の拳が震えるのが見えて、

「……倫ちゃん」

ああやっぱり、泣かせてしまった。思いながら、俺は彼女の顔を見上げる。そうして「ごめんね」と謝りかけた言葉は、喉の奥で詰まった。

そこにあったのが、泣き顔ではなかったから。

「売るわけ、ないでしょうが」

顔をしかめ、ぎゅっと細めた目でこちらを見下ろす彼女の顔。その目は少しも、濡れてはいなかった。

まっすぐなその強い眼差しにあったのは、ただ、はっきりとした怒りだった。

「バカにしないで。わたしはお金に困るようなことになんてならない。だって」

その目と同じだけ強い口調で、倫ちゃんが言葉を継ぐ。

みじんの迷いもなく、はっきりと。

「わたしは、女優になるんだから」

「……へ？　じょゆう？」

「そうだよ」

思わず間の抜けた声を漏らした俺に、倫ちゃんはよりいっそう眉根を寄せ、

「りょーちゃんが言ったんじゃん」

「え、なんて？」

「倫ちゃんなら、女優、なれるよって」

記憶は、すぐに手繰《たぐ》り寄せられた。

中学生の頃。いつものようにいっしょに下校していた、その帰り道。

別れる場所に着いてもまだ話し足りなくて、この公園に寄り道をして、並んでブランコに座りながら。たしかに俺は倫ちゃんに、そんなことを言った。

＊＊＊

「倫ちゃんのほうが、きれいだと思った」

目を輝かせ、昨夜観たドラマの感想を熱く語っていた倫ちゃんに。

「りょーちゃんも見た？　シノミヤアオイ、めっちゃきれいだったでしょ！」と、興奮気味に主演女優の美しさを褒めたたえていた彼女から、同意を求められたとき。

俺はぽろっと、そんな本音をこぼしてしまったことがあって。

「……え、りょーちゃん、ほんとにちゃんと観た？　昨日のドラマ」

俺の言葉に倫ちゃんは照れるでもなく、ただ怪訝そうに眉をひそめて訊いてきた。

「なに言ってんだこいつ？　みたいな顔で。

「観たよ、もちろん」

だって、倫ちゃんが「観て」と言ったから。

倫ちゃんにそう言われれば、俺は観るしかない。たいして興味を惹かれないストーリーだろうと。倫ちゃんのオススメだと言われてしまうと、なんでも。

「ちゃんと観たなら、そんな感想が出るはずないんだけど……」

「ちゃんと観たうえでの感想です。俺は倫ちゃんのほうがきれいだと思いました」

「いや、それはさすがにない。りょーちゃん、それたぶん、だいぶ視力落ちてるよ」

最近は俺の「かわいい」連呼を否定せず流すようになっていた倫ちゃんも、さすがにこれは流せなかったらしい。真面目な顔ではっきりと首を横に振って、

「月9の主演やってるトップ女優だよ？　わたし程度のかわいさなんかとは、ぜんぜん、比べものになんない……」

「そんなことないよ」

だけど俺も、譲れなかった。だって本当に、心から、そう思っていたから。

ドラマを観ながら、今いちばん巷でもてはやされているだろう、その女優が笑ったり泣いたりするたびに。

倫ちゃんの顔が、瞼の裏に浮かんだ。そうして、ぜったいに彼女も負けていないと思った。

彼女がここにいたって、きっと見劣りなんかしない。あの輝きは、間違いなくこの場所でも通用する。

そう、心の底から思ったから。

「倫ちゃんも、女優、なれるよ」

「え」

「だって今のトップ女優にだって負けてないぐらい、かわいいんだから」

「……なに、言ってんの」

ぼそっと呟いて、倫ちゃんは俺の顔から視線を外す。そうして前を向き直った彼女の横顔が、ほんの少し赤く見えたことに、俺はなんだか楽しくなって、

「あ、それいいな。見てみたいなあ」

「なにが」

「倫ちゃんが女優になって、テレビに出てるところ」

「は、はあ？」

「最高だろうなあ、そんな光景を見られたら。想像しただけでたまんない」

本当に、ちょっと想像してみたら、それだけで口元がにやけそうになるぐらいの威

力だった。

画面いっぱいに映る、倫ちゃんの笑顔や泣き顔、怒った顔。

きっとどれも、テレビの向こうにいる人たちの目を釘付けにする。そうして倫ちゃんの魅力が、全世界に知れ渡る日が来れば。

「……幸せ、だろうなあ」

ああ、見てみたいなあ、と。

俺はそのとき、痛烈に願った。願ってしまった。息が詰まるほど。

思えば、そのときからだったかもしれない。

夢を、見るようになってしまった。俺には不相応すぎる、叶うはずのない夢を。

俺が自転車の練習をしてこなかったのは、乗れるようになる必要を感じなかったからだった。

何度も転んで、痛い思いをしてまで。乗れるようになったところで、俺はいったい何回自転車に乗る機会があるのだろうと、そんなことを考えたら、バカらしく思えたから。

勉強も、部活も、友達付き合いも、ぜんぶそうだった。頑張ったところでどうせ無駄だとしか思えなくて、最初から諦めていた。

だけど倫ちゃんに出会って、俺は自転車に乗りたいと思った。

倫ちゃんといっしょに、いろんなところへ遊びに行けるように。

『りょーちゃん、算数の宿題やってきた？　わたし、忘れちゃってて……！』

そう倫ちゃんに泣きつかれた日から、俺は宿題をぜったいに忘れなくなった。

宿題を忘れて困っている倫ちゃんを、いつでも助けてあげられるように。

ついでに、授業の予習も欠かさなくなった。

『りょーちゃん、ここの問題わかる？　わたし、出席番号的に今日あてられそうなんだよね……』

そう言って不安げな表情を浮かべる倫ちゃんを、いつでも安心させられるように。

『楽器やってる男の子っていいよね。二割増しぐらいでかっこよく見える』

音楽雑誌を見ながら倫ちゃんがそう言ったから、翌日、吹奏楽部に入った。

部活なんて、きっと一生、やることはないと思っていたのに。

始めた動機は不純でしかなかったけれど、はじめてトランペットから音を出せたときとか、はじめてみんなと合わせられたときとか、ぜんぶ今でも忘れられないぐらいめちゃくちゃ高揚したし、楽しかった。

文化発表会で演奏したときは倫ちゃんも聴きにきてくれて、終わったあと、『りょーちゃん、かっこよかったよ』なんて、少しはにかんだ彼女に言われたときには、ああ生きててよかったなあ、と思った。

思って、しまったんだ。

だから。


「お見舞いに来たよ、りょーちゃん。具合どう?」

「良くないから入院してるんだよ」

病室に入ってきた、倫ちゃんの顔を見たとき。俺はどうしようもなく泣きたくなって、彼女から目を逸《そ》らしていた。

投げつけてしまったつっけんどんな言葉にもかまわず、倫ちゃんはベッド脇のパイプ椅子に座ると、

「りょーちゃんがスイカ、あんなに食べるからだよ。だからわたし、食べすぎだって言ったじゃん」

俺が体調を崩したのは、昨日倫ちゃんの家でスイカをいっしょに食べた、その日の夜だった。

あのときは、今自分がこんなことになっているなんて、思いもしなかった。

倫ちゃんといると、俺は本当に忘れてしまうのだ。

身体の不調も、医師から告げられていた残り時間のことも。ぜんぶ忘れて、ずっと

このまま、倫ちゃんと笑っていられるような気がしてしまう。

——だけどそんなはずはないのだと、昨日また、突きつけられた。

「スイカはもう当分禁止だね。りょーちゃん、お腹壊して入院しちゃうから」

「どうせ、もう食べられないよ」

「あ、そっか。もうそろそろスイカの時期終わっちゃうしね。じゃあ来年までお預けだ、残念でした」

「来年なんて、ないよ」

「……ど、したの。なんで今日はそんなに弱気になっちゃってるの？　スイカぐらいでそんな沈まないでよ」

俺の言葉に倫ちゃんは一瞬だけ表情を引きつらせ、だけど決して明るい口調は崩さずに、笑って俺の肩を叩いた。

わかっていた。倫ちゃんだって、無理して明るく振舞ってくれていること。いつだって、必死で笑ってくれていること。わかっていたから、耐えられなかったんだ。

俺はいつだって、そんな倫ちゃんが死ぬほど愛おしくて、

「……倫ちゃんの、せいじゃん」

——ずっといっしょにいたいと、思ってしまう。

「会わなきゃ、よかったな」

「え……」

「倫ちゃんになんて、出会わなければ」

わきまえていた、はずだった。

倫ちゃんのかわいさに一瞬で心臓を持っていかれた、あの日も。俺は彼女になにかを望んだわけではなくて、ただ、今泣いている彼女が笑ってくれればいいなと、そう思っただけで。

そうやって傍にいたはずなのに、気づけば、どんどん贅沢になっていた。

はじめて彼女が俺に笑いかけてくれたとき、この笑顔を、これからもずっと俺に向けて欲しいと思った。

はじめて彼女といっしょに出かけた日、これからもっと、いろんな場所に遊びにいきたいと思った。

日に日にかわいくなっていく彼女を見て、大人になった倫ちゃんを見てみたいと思った。

ウェディングドレス姿なんて、それこそ涙が出るほどきれいなんだろうな。隣に並びたいなんて、さすがにそんな大層なことは願わないから、せめて。……見て、みたかった。

そんな、息が詰まりそうなほどの未練が、倫ちゃんといると止めどなく湧いてきて。

「倫ちゃんのせいで、しんどい」

「……なに、それ」

「死にたく、ないなあ」

倫ちゃんはなにも言わなかった。息を止めたように、じっと黙っていた。

俺はそんな彼女の顔を見る勇気がなくて、白いシーツの皺《しわ》をずっと見下ろしていた。

重たい沈黙が流れる病室で、コチ、コチ、という時計の音だけが、やけに耳についた。

やがて、倫ちゃんは無言で立ち上がると、なにも言うことなく病室を出ていった。

それから一度も、倫ちゃんがお見舞いに来てくれることはなかった。

二ヵ月後に退院して学校に戻っても、倫ちゃんとは話さなかった。というより、話せなかった。倫ちゃんが、あまり学校に来なくなっていたから。クラスメイトに訊けば、俺のお見舞いに来てくれたあの日以降、倫ちゃんは学校を休みがちになっているという。

そうして彼女に謝ることすらできないまま時間が過ぎた、今日。

倫ちゃんは突然俺の前に現れ、ウェディングドレスを着にいく、と言い放ったのだった。

＊＊＊

「本当はわたし、先週、オーディションを受けにいってた」

睨むようにこちらを見下ろしたまま、倫ちゃんが話し出す。

握りしめられた彼女の拳が、また、かすかに震えた。

「は、オーディション？」

「芸能事務所の。それで、東京に行ってた。ライブじゃなくて」

さすがに驚いて倫ちゃんの顔を見つめた俺を、倫ちゃんもまっすぐに見つめ返して、

「七月の頭に募集を見つけて、すぐに応募したの。それからずっと、必死に準備してた。やれるだけのことはやりたくて」

七月の頭。

俺がスイカを食べすぎたあとに入院して、倫ちゃんがお見舞いに来てくれた時期。

その後、彼女がお見舞いに来てくれることはなくなった。学校にもあまり来なくなった。ひどいことを言ってしまったせいで気まずくて、俺は倫ちゃんに、その理由を詮索《せんさく》したことはなかったけれど、

「……もしかして、それで、学校休んでたの？」

「うん。学校どころじゃなくて。それにもう、学校なんてどうでもいいかな、とも思ったし」

「なんで」

「だってわたし、女優になるから」

それは、願望ではなかった。すでに決まりきった事実を告げるような、強く、芯の通った声だった。

それを聞いて、俺の中でも奇妙な確信が湧く。――ああ、きっと倫ちゃんは本当に、女優になるのだ。

「学校の勉強なんてやってる場合じゃなかった。オーディションまであんまり時間もなかったし。わたしはぜったい、ぜったい、このオーディションに受からなきゃいけないから」

「……なんで、そんなに」

「りょーちゃんに、見せなきゃいけないじゃん」

呟いた倫ちゃんの表情が、ふと、泣きだしそうにくしゃりと歪む。

けれど彼女は堪えるように、一度強く唇を噛みしめてから、

「わたしが、女優になって、テレビに出てるところ」

ああ、そうか。

迷いなく告げられた言葉に、ふいに、すべてのピントが合っていく。

思わず目を伏せると、瞼の裏が熱く痛んだ。

――倫ちゃんは、ずっと、

「……覚えててくれたんだ。俺の言ったこと」

「当たり前じゃん」

うつむいた俺の後頭部に、倫ちゃんの少し震える声が降ってくる。

「いっこも忘れたことなんてない。わたし、りょーちゃんのせいでその気になっちゃったんだよ。りょーちゃんがずっと、世界一かわいいとか言ってくるから」

「だって、倫ちゃんは世界一かわいいから」

――なにもかも諦めていた俺の、たったひとつの、生きる希望になったぐらいに。

「だから」

あいかわらず俺の「かわいい」は聞き流して、倫ちゃんは俺の前にしゃがむ。

そうしておもむろに、左手を俺の顔の前に突き出すと、

「責任とってよ」

「せきにん」

「りょーちゃんのかわいいは、毒なんだよ」

「毒？」

話の流れがわからなくて、間の抜けた声で倫ちゃんの言葉を繰り返す俺に、

「わたし、うれしくてうれしくて、すぐ舞い上がっちゃう。それで簡単に変えられちゃう。自分のことが大嫌いだったわたしも、自信が持てなかったわたしも。いつの間にかこんなに図々しくなって、今はわたし、本気で、女優になれるなんて思っちゃってる。りょーちゃんのせいで」

「……うれしかったんだ、倫ちゃん」

うれしそうな反応をされた記憶はなかったから、思わずそんな呟きをこぼすと、

「当たり前でしょ」

倫ちゃんはちょっと怒ったように、強い口調で返してきた。ぎゅっと眉を寄せ、頬を紅潮《こうちょう》させる。

「りょーちゃんは毎回へらへらしながら言ってきたけどさ、わたしはずっと大変だったんだよ。心臓ばくばくするし、顔はめちゃくちゃ熱くなるし。それぐらい威力あったんだからね、りょーちゃんからの」

そこでふと言葉を切った倫ちゃんは、一瞬だけ迷うような間を置いてから、

「……す、好きな人からの、かわいいは」

「え、なんて？　聞こえなかった」

「ぜったい聞こえてたでしょ今！」

真っ赤な顔で怒る倫ちゃんがおかしくてかわいくて愛おしくて、泣きたくなって。

目の前に差し出されていた倫ちゃんの手に、俺は目を落とした。そっとその手をとれば、緊張したような震えがかすかに伝わる。

小さなダイヤモンドが埋め込まれた、白銀色の指輪。

ゆっくりと彼女の薬指にはめれば、思ったとおり、彼女の透き通るような白い肌によく映えた。

「……売らない、からね」

指輪の光る自分の手をじっと見つめながら、倫ちゃんが絞り出すように呟く。

うん、と俺は頷いて、

「でもほんと、もしお金に困ったときは遠慮なく……」

「だから、お金に困るようなことにはならないってば。女優になるって言ってるでしょ」

「でもほら、女優も売れるのは大変だって聞くし」

「なに、りょーちゃん、わたしが売れないとでも思ってるの？　世界一かわいいって思ってくれてるんじゃなかったの？」

キッと鋭い視線と言葉が飛んできて、俺はすぐに「ごめん」と謝る。

「世界一かわいい倫ちゃんが、売れないわけないですね」

「そうでしょうが。だから」

倫ちゃんは自分の左手を右手で包むように握りしめると、

「ぜったい、売らない。わたしはぜったいに女優になって、売れて、幸せになるの。この指輪、ぜったい、一生、手放さない。ずっと持っててみせるから。だから、見ててよ、りょーちゃん」

「……うん」

持ち上げた左手を、倫ちゃんは自分の口元へ近づける。そうして、淡いピンク色の載った唇を、軽く指輪に押し当てた。

俺はこんなときでも、そんな倫ちゃんの仕草に見惚れていた。

いつの間にか視界はぼやけていて、倫ちゃんの表情がにじんでいたけれど、それを拭うこともできないぐらいに。

ずっと見ていたかった。目に焼きつけたかった。

この時間に限りがあることだけが、俺の、唯一の未練だった。

ずっと見ていたいと痛烈に願ってしまう、そんなものに出会ってしまったことが。

泣きたくなるほど痛くて、苦しくて、歯がゆくて、

「ずっと、見てるから。倫ちゃんのこと」

――幸せ、だった。

＊＊＊

あの日からずっと、りょーちゃんは、わたしの世界のすべてだった。

厚いカーテンの向こうから、他の候補生の声が聞こえてくる。はきはきとした口調で、自分のアピールポイントを明快に並べる。

舞台袖でそんな声を聞いていたら、さすがに鼓動が速くなってきて、わたしは自分の左手に目を落とした。

そこに光る指輪を、じっと眺める。

途端、彼がこれをくれたあの日の光景が、鮮やかに瞼の裏に広がった。

倫ちゃんは世界一かわいいと、飽きずに繰り返してくれた、彼のやわらかな声も。

本当はわかっていた。

わたしが、世界でいちばんかわいいわけじゃないってことぐらい。

今この場にいる女の子たちを軽く見渡しただけでも、わたしより美人でスタイルが良い子なんて、大勢いる。田舎の学校では多少目立てるぐらいの容姿ではあったかもしれないけれど、それがそのまま全国でも通用するなんて、そんなおめでたいことは思っていない。わたしだって、そこまでバカじゃない。

はずだったのに。

わたしは薬指からそっと指輪を外すと、その裏にある刻印を見た。

最初に気づいたのは、あの日家に帰ってから、お風呂に入る前に指輪を外したとき。指輪の裏に、なにか文字が彫られているのを見つけた。

英語だったけれど、意味はすぐにわかった。数えきれないほど、りょーちゃんが何度も何度も、わたしにくれた言葉だったから。

最初に見たときはあきれて、笑って、少し泣いた。

お金に困ったら売って、なんて言ってたくせに。こんなのぜったい売れないじゃん、って。

もちろん最初から売る気なんてなかったけど。これを見て、よりいっそう固く決意した。この指輪を、死んでも手放さないこと。

だって、りょーちゃんの『世界一かわいい』は、わたしのものだから。

これだけは誰にも渡さない。

ぜったいに、ぜったいにわたしだけのものだから。

まるで、呪文みたいだったのだ。

あの日から何度も繰り返されるようになった、彼の『かわいい』は。

わたしはりょーちゃんの前だと、本当に、世界でいちばんかわいい女の子になってしまった。

バカみたいに舞い上がって、なにも怖くなくなって、芸能事務所のオーディションにだって応募しちゃうぐらい。

それぐらいすごい言葉だったこと、りょーちゃんはきっと最後まで、知らなかっただろうけれど。

――それで、いいんだ。

ぎゅっと指輪を握りしめ、目を閉じる。

もう聞けなくなった、彼の声。だけどなにも問題はない。すぐに再生できるから。

六年間、何回も何回も繰り返されていたから。耳に焼きついているんだ、とっくに。

その言葉があれば、わたしはバカになれる。

だから今だけ、わたしはバカになる。

――わたしは、世界でいちばん、かわいい。誰がなんと言おうと。

わたしの番号が呼ばれる。

わたしは指輪をまた薬指にはめると、一度ゆっくり息を吐いてから、白く眩しい照明の下に飛び出した。

君のさいごの願い事

蒼山皆水

玲美《れみ》がこの手紙を読んでいるってことは、僕はもうこの世にいないんだね。
そんな書き出しで始まった弘斗《ひろと》の手紙。
彼の生きた日々を、彼と生きた日々を――私は何よりも尊《とうと》く思う。

不思議と、涙は出てこなかった。

心はこれ以上ないくらいに安らいでいて、最愛の人の死を、私はしっかりと受け入れていた。

今まで、生きてくれてありがとう。

喪服《もふく》に身を包んだ私は、弘斗の眠る棺《ひつぎ》をのぞき込む。

彼は、とても幸せそうな顔をしていた。死んでいるなんて、嘘みたいだった。今にも起き上がって、私の大好きな笑顔で笑いかけてくるんじゃないかって思った。

誰よりも愛した人の葬儀《そうぎ》に出るということは、果たして幸せなのか、それとも不幸せなのか。

考えてみても答えは出ないけれど。

彼の生きた日々を、彼と生きた日々を——私は何よりも尊く思う。

玲美へ

弘斗からの手紙は、私の名前で始まっていた。

線が曲がっている。手が震えていたのだろう。それでも、私にはそれが弘斗の字だとわかった。

誠実で裏表のない、まっすぐな性格をそのまま反映させたような、私の好きな人の字だった。データではなく手書きというのも彼らしい。

字が曲がっているのは、たぶん薬の副作用か何かだと思う。それでもなんとか綺麗《きれい》に書こうとしていることも伝わってくる。それが失敗しているのも、また一段と痛々しいのだけれど。

弘斗の綺麗で整った本来の字を思い出して、私は胸が苦しくなる。

利き手すら思い通りに動かせないというのは、どれほどの苦痛を伴うのだろう。

まだ私の名前しか書かれていないのに、涙が出てきそうだった。このあとに紡《つむ》がれている内容が、なんとなくわかるから。

私に別れを告げるための文字が、そこにはきっと並んでいるのだ。

そんなもの、見たくない。けれど、目を反らしてはいけない。

私は彼からのメッセージを受け取る義務がある。

A4サイズの便せんに、横書きでびっしり書かれた手紙だった。

恐る恐る視線をずらしていくと、本文が始まった。


玲美がこの手紙を読んでいるってことは、僕はもうこの世にいないんだね。

……なんてね。この書き出し、一回使ってみたかったんだ。だって、一生に一回しか使えないからね。

これは、遺書のつもりなのだろうか。もしそうだとしたら、最高にセンスがない書き出しだ。

手紙を引き裂きたい衝動に駆られるけど、グッとこらえて、続きを読むことにした。

玲美は覚えていますか？　僕たちが出会ったあの春のことを。

書き出しよりはまだましだけど、それでも言い回しが気取っているように感じられた。

倒置法なんて使って、格好つけちゃって。バカみたい。バーカバーカ。

心の中で、子どもみたいな罵倒《ばとう》をする。

ああ。弘斗に、直接言ってやりたい。

それで……なんだっけ。私と弘斗が出会った春？

覚えてるに決まってるでしょ。むしろ、忘れることなんて絶対にできない。だって、私の初恋の始まりだったから。

高校一年生の春に、私は筒木《つつき》弘斗と出会った。

新しい制服に身を包んで、不安を抱えて、緊張しながら校門をくぐった。

高望みすぎて無理だと思われていた入試をどうにか勝ち抜いて、憧れていた高校へ、私は入学を果たした。

中庭に咲いていた桜の鮮やかさが、未だに印象に残っている。満開のピンク色が、とても綺麗だった。

もう、三年近くも前になるのか……。時の流れは残酷だと思う。

私が初めて弘斗と言葉を交わしたのは、入学式の次の日だった。

同じ中学の仲の良い友達とは離ればなれになって、自分から知らない人に話しかけることなんてできない私は、無言で教室に座っていた。

視線は机の上。誰かのイニシャルらしきアルファベットが端っこに刻まれていた。

おそらく、この学校の先輩のものだろう。

周囲では、コミュニケーション能力の高い人たちがさっそく会話をしていたけれど、それに入っていけるような勇気は、私にはない。頬杖《ほおづえ》をついて、ぼんやりしていた。

だから、私が弘斗の存在を認識したのは、最初のホームルームの時間。担任の指示で、隣同士、自己紹介をすることになったときだった。

私の左隣に座る生徒が、身体を四十五度くらいこちらに傾けた。私も同様に、椅子ごと斜めにする。

そこで初めて、隣の席の人が男子であることに気づいた。

「筒木弘斗です。よろしくお願いします」

少し低めの声は落ち着いていて聞き取りやすく、大人っぽい印象を私に与えた。

これといって目立った特徴はなく、覚えにくそうな顔だなぁ。なんて、失礼な感想を抱いたっけ。

髪は男子にしてはちょっと長めで、サラサラで羨《うらや》ましい。全体的に線が細いけど、不思議となよなよしているとか、弱々しいというような感じではなかった。背筋が伸びているからだろうか。

第一印象は真面目っぽい。きっと素直な性格なんだろうな、と予想する。動物に例えると……犬、だろうか。なんとなくだけど。

そんな心の中での冷静な分析とは裏腹に、私はテンパりながら、

「あっ、あの。松戸《まつど》玲美といいます。よろしくお願いします」

と、どうにか名乗る。

ありきたりな出会い方だったけれど、私にとって、それは紛れもなく運命だった。

約三年が経った今ならわかる。痛いほどに。

「うん。よろしくね、松戸さん」

名前を呼ばれて、心臓が高鳴る。

控えめな、だけど無邪気な笑顔が素敵で、この人のことをもっと知りたいと、理屈じゃなくて、直感的に思った。

そのあとは出身中学のことや、入っていた部活、趣味のことなどを話した。三分くらい話すと、私も緊張は解けて、比較的自然に話せるようになった。

弘斗が少し遠い町から通っていることや、中学のときはバスケ部だったこと、趣味が私と一部かぶっていることを知った。

「高校でもバスケはするの？」

「うーん。どうしようかな……。中学のときの先輩がこの高校のバスケ部にいて、誘われてるけど、別のこともしてみたいし……。まだ迷ってる」

結局、弘斗は部活には入らなかった。

「あ、そのバンド、私も好き。アルバム全部持ってる。最近、ドラマの主題歌とか歌ってるよね」

「へぇ。そうなんだ。あんまりテレビは見ないからわかんないや。ドラマの主題歌ってことは、結構メジャーになってきたってことかな。なんかさみしい」

「わかる！　複雑だよね」

このときは、まだ恋とかそういう感情じゃなかったように思う。

けれど、好き、という気持ちの断片は見えていたのかもしれない。

カーテンの細い隙間から、朝日が差し込むみたいに、恋の予感は私をほんの少しだけ照らしていた。

今まで、恋をしたことがなかった私は、恋に憧れていた。

だからなんとなく、ちょっと大人びた男子にクラっときてしまっただけなんじゃないかと思った。あるいは、緊張のドキドキを恋のドキドキと勘違いしてしまう、いわゆる吊り橋効果みたいなものだったんじゃないかって。

けれど、それから半年もしないうちに、私は思い知ることになる。それは確かに恋だったのだと。

初対面のときに感じた恋の予感は、間違っていなかったのだと。

——私は手紙の続きに目を落とす。


今だから言うけど、実は最初見たときから、玲美のことといいなって思ってました。

手紙じゃなきゃ絶対に言えなかったことです。いや、手紙じゃなきゃっていうより、生きてる間はって感じかな。

いわば捨て身の攻撃、みたいな感じです。ずるくてごめん。

「バカ。直接言ってよ」

思わず愚痴《ぐち》がこぼれる。

手紙でそんな大事なこと言わないでよ。

でも、この手紙がなければ、永遠に知ることはなかったのかもしれない。

こみあげてきたのは、嬉しさと切なさだった。

心が、強い力でギュっとつかまれたかのように痛かった。

一度、大きく深呼吸をしてから、再び続きを読み進める。

それから、休み時間とか、放課後とか、僕と玲美はよく話すようになりました。

朝、登校して、玲美に「おはよう」ってあいさつするのが、僕の学校へ行くモチベーションでした。あ、これも捨て身の攻撃だね。

私も、弘斗からの「おはよう」が嬉しかったし、それ以上に、放課後の「また明日」も好きだった。なんて、今更言ってみても、そんなやり取りをすることはもう二度とないんだけどね。

あと、金曜日の放課後は、一週間の終わりで嬉しいはずなのに、すごくさみしかったっけ。

二日間、弘斗に会えなくなってしまうからなんだけど、あの頃の私たちの関係はただの友達だったから、そのさみしさを黙って我慢することしかできなかった。

たったの二日間。今の私には、すごく贅沢《ぜいたく》な悩みに思える。

だって、三日後にはまた会えるのだから。

手紙にも書いてある通り、私と弘斗は、席が隣同士ということもあって、よく話すようになった。どうでもいい話をしたり、先生に対する愚痴を聞いてもらったり、漫画の貸し借りなんかもした。

自然と、私の恋は育っていった。芽から葉が出て、空に向かって伸びていくように。

私にとって、恋は落ちるものではなく、吸い込まれるものだった。

お皿みたいな形の何かがあって、その上を、恋という名前のボールが転がり始める。

真ん中には穴が空いていて、恋は転がりながら、少しずつ遠心力を失っていく。

恋が描く円はゆっくりと小さくなっていって――やがて、吸い込まれるように、穴に落ちる。

そこで初めて、気持ちを自覚するのだ。ああ、この人のことが好きなんだ、と。

たいていの女の子なら、一ヵ月も隣の席で生活していれば、弘斗のことを好きになってると思う。

決してイケメンなわけではないけれど、優しくて聞き上手で、そしてとても笑顔が素敵だ。弘斗は、とても魅力的な男の子だった。

もしかすると、恋に吸い込まれた私の独断と偏見による、勝手な評価かもしれないけれど。

そして、隣の席が私でよかったな、とも思った。


実は付き合う前、僕は玲美に、さりげなくアピールしていました。

玲美が好きだっていうバンドの話を振ってみたり、玲美が楽しみにしているって話していたドラマを見るようにしたり。

一時期、玲美が格好いいって言ってた芸能人の髪型を真似したりもしてたんだけど、その話はいくら手紙でも恥ずかしいから割愛《かつあい》。

まあ、玲美は全然気づいてなかったみたいだけどね。僕なりに必死でした。


「ふふっ」

そんなの、気づくわけないじゃん。

悲しいのに、思わず笑ってしまった。そしてまた、ギュっと胸が締め付けられる。

でもたぶん、私の好意も、弘斗は気づいてなかったと思う。悟られないように、頑張って隠していたし。

まあ、だからお互い様だ。

弘斗への気持ちを自覚したあとも、私の想いは次第に強くなっていった。

恋のきっかけと呼べるほどの出来事は、特になかったはずだった。

弘斗は私に、これといって何かをしてくれたわけでもない。ただ隣にいて、仲良くしてもらっていただけだ。

怖い人に絡まれているところを助けてもらったわけでもなければ、階段から落ちそうになったところを支えてもらったわけでもない。

強いていえば、私が忘れていた宿題をこっそり写させてくれたり、黒板の上の方に届かなかったときに代わりに消してくれたりしてくれた。その程度だ。

でも、その一つひとつが積み重なって、心に蓄積されていって、やがて、好き、という気持ちを形成していったのだろう。

それはとても素敵で、幸せなことだ。

とにかく、弘斗への想いは日に日に増していく一方だった。

優柔不断なところとか、ちょっと真面目すぎるところとか、そういう欠点すらも、愛おしく思えた。弘斗の全部が好きになった。

これが恋なんだって、どうしようもなく理解してしまった。

そして高校一年生の夏。

私たちは距離を縮めていく。

初めて二人で出かけた日のことも、僕は覚えてます。

行先は、隣町の映画館だったよね。

学校で見に行きたい映画の話をしていたら、玲美もその映画に興味があるって言ってきて、チャンスだと思って、すごく緊張しながら誘った。

あのとき勇気を出した自分を、ものすごく褒《ほ》めてあげたい。そのおかげで、玲美との距離を縮めることができたから。

「残念。それはちょっと違うよ」

私は呟《つぶや》いた。

あのとき、弘斗が誘ってくれなかったとしても、私から誘うつもりだったんだ。

たしか、昼休みだったっけ。二人でなんとなく話をしていたとき、弘斗が気になっている映画として挙げたものに、私は大げさに反応した。ちょっとわざとらしかったかなってくらいに。

「あ、それ私も気になってたやつだ！」なんて、大根役者も裸足で逃げ出すほどの棒読みだった。でも、弘斗はそんな私の嘘に気づいてないみたいだった。

あのときは、弘斗が鈍くて助かったな、って思った。

うん。あれ、実は嘘で、弘斗と一緒に出かけたくて合わせただけなんだ。だから、ごめんなさい。でも、前日にその作品のこと、ちょっとは勉強したよ。

弘斗と初めて出かけたことは、私もよく覚えていた。

男の子と二人きりで出かけるのは、それが初めてだった。

どんな服を着ていけばいいのかわからなくなって、タンスの中にしまってあった服を全部床に並べてみたりした。ああでもない、こうでもないとうんうん唸《うな》って——。

でもそれがなぜか楽しくって、最終的に無難《ぶなん》な服に落ち着いたときは、ため息が漏《も》れた。

楽しみな気持ちと不安な気持ちが同居する胸を必死に落ち着かせながら、私は少し早めにベッドに横になる。目を閉じても次の日のことを考えてしまい、なかなか寝付けない。

それどころか、そういえば、これはデートって呼んでもいいのかな、などと考え始める始末。

異性と二人きりで出かけることを、世間一般ではデートと呼ぶはずだ。じゃあ、私は明日、好きな人とデートをするのか……なんて思って、ドキドキした。

意識しないようにしようとすればするほど、どうしても意識してしまって、余計に寝付けなくなる。

当日の朝。結局あまり眠れず、寝ぼけ眼《まなこ》をこすりながら、普段はしないメイクを施《ほどこ》す。髪も、いつも以上に丁寧にセットした。気合が入りすぎないように注意しながら。

待ち合わせ場所に三十分も早く到着してしまったけど、弘斗はすでに来ていた。

水色のシャツに黒いボトムス。初めて見る、制服でない弘斗に、心臓の鼓動が速くなる。

呼吸を落ち着けてから近づいて「早いね」って声をかけたら「松戸さんも早いね」って、弘斗は笑った。その笑顔に、心臓がさらに動きを速める。

二人とも早く着いてしまったので、映画の上映まではまだ時間があった。

私たちは、映画館の入っているショッピングモールを歩きながら、雑貨屋さんや洋服屋さんを冷やかした。特に何を買うわけでもなく、ただ商品を眺めているだけだったけど、それも幸せな時間だった。

上映の時間が近づいてきて、二人は映画館へ向かった。

「松戸さんは、飲み物、何がいい？」という問いかけに「オレンジジュースで」と答える。

「じゃあ買ってくるから待ってて」と、彼は館内に設置されている売店の方へ歩いていく。

気が利くなぁ、なんて、ありきたりな感想しか思い浮かばなかったけど、私は幸せだった。

弘斗が両手に飲み物を抱えて近づいてきたときは、すごくデートっぽいな、なんて思って、頭の中がお花畑になったような気分だった。

人生で使う運を、全部ここで使い果たしてしまってるんじゃないかって怖くなったりもした。

実際、映画は期待していたよりは面白くなかったけど、弘斗と観たから私は楽しめた。

一緒に映画を観れて、すごく楽しかったです。……って、なんか小学生の作文みたいだね。

あのときの映画の半券はもちろん、帰りに飲み物を買うために寄ったコンビニのレシートもとってあります。引いたかな。

引いた。でも、私もとってあるから、何も言えないけどね。

涙がこぼれないように、ぎゅっと唇を噛《か》み締めた。

思い出が波となって、押し寄せてくる。

その波が、私と弘斗の思い出を、全部さらっていってしまうような気がして、反射的に胸を押さえた。

映画からの帰り道。感想を言い合いながら歩く私たちの長い影が、東に伸びていた。

本当は、もっと弘斗と一緒にいたかったのだけれど、それを直接言えるような私じゃなかったから「このあと、どうしよっか」なんて言って、相手に判断をゆだねてしまった。

その言葉ですら、私の本音が、好きな気持ちがバレてしまったらどうしよう、って思いながらの発言だった。

弘斗は「喉乾いたから、ちょっとコンビニ寄ってもいい？」と返してきて、それに対して「うん。私も喉乾いたから、行こ」と、私は答えた。

このとき「それならカフェにでも行かない？」って言っておけばよかったと、帰ってから猛省《もうせい》した。そうすれば、もう少し一緒にいられたのに、って。

駅前のコンビニで私はミルクティーを、弘斗は緑茶を買って、近くのベンチに座って飲みながら、少しだけ話をした。

別れの時間を遠ざけようと、私は紙パックに入ったミルクティーを、わざと少しずつ飲んだ。ミルクティーがなくなったあとも、ストローを口にくわえて飲むふりをした。

飲むのにどんだけ時間かかってんだ、なんて思われてしまったかもしれない。自分でもバカみたいだと思う。

それはそれで、いい思い出になったような気もする。

お互いに家が逆方向だったので、駅のホームで弘斗と別れる。

「また、学校で」

「うん。じゃあね」

短いあいさつを交わして、私たちはそれぞれ別の電車に乗った。

帰りの電車に揺られながら、弘斗に会いたくなった。

さっきまで一緒にいたはずなのに、話したかったことが、そのときになってたくさん出てきた。自分で思っていたよりも緊張していたみたいだ。

スマホにメッセージが届いた。差出人の名前を確認して、心臓が跳ねる。

〈今日は楽しかった。ありがとう。〉

そんな素っ気ない文章でさえ、私の胸を温かくする。

悩みに悩んで、結局私も、素っ気ない文章を返す。それに加えて、端に小さくハートの描かれた犬のスタンプを送った。それが、私にできる精いっぱいだった。

二人で出かけた次の週も、私と弘斗の関係に変化はなかった。

適度な距離感を保ちながら、話したり話さなかったり。他のクラスメイトを交えて雑談をしたりもしたけど、二人で映画に行ったことについては、一切会話に登場しなかった。

なかったことにされたみたいでちょっぴりさみしい気持ちと、二人だけの秘密になっているような、幸福な気持ちがせめぎ合う。

今思い返すと、あのときの私たちは、どうしようもなく子どもで、とても愛おしかった。

そのあとも僕たちは、何度か二人で出かけました。

水族館やカフェ、あと、美術館……はちょっと背伸びをしすぎたかな。退屈させてしまってたらごめんなさい。

そんなことない。確かに、絵の良さはよくわからなかったけれど、どこに行くのも楽しかったよ。

だって——好きな人と一緒だったから。

高校に入って初めての夏休み。いつもは楽しみなはずの長期休暇なのに、その年は違った。

夏休みに入ってしまうと、弘斗と長い間会えなくなってしまうから。

だから私は一学期の終業式の日、勇気を振り絞って、弘斗を水族館に誘った。

ペンギンが見たい、という、小学生みたいな理由で。

女友達と行けばいいじゃん、って言われたときのために「みんな、部活とか旅行で日程が合わなくて……」という言い訳は用意していたんだけど、弘斗はあっさり「いいね。行こう」と答えてくれた。

「本当にいいの？」なんて、つい聞き返してしまったけど、弘斗は爽やかな笑顔で「うん。僕もペンギンは好きだし。可愛いよね」と言った。

そのときの弘斗の表情は、今まで見たことないくらいの満面の笑みで、そのときは本気でペンギンに嫉妬《しっと》しかけた。自分がペンギンを誘う口実にしたことは棚に上げて。

あのときの弘斗の笑顔の理由が、ペンギンだけじゃなければいいな、なんて、今更ながら思う。

水族館で、色々な海の生き物を見て回った。魚はもちろん、ヒトデやクラゲ、イルカのショーなんかも見た。

手と手が触れそうになって、慌てて引っ込めたり、弘斗に「そういえば、そのワンピース、似合ってるね」と言ってもらって舞い上がったりしながらで、あんまりよく覚えてないけれど。

目的のペンギンも含め、一通り館内を見終わった私たちは、出口の近くにある売店を見ていた。

水族館限定グッズと銘打って、なかなか強気の値段設定。お菓子や大きなぬいぐるみなど、様々な商品が所せましと並んでいる。

好きな人と一緒にいる幸福感と、もうすぐ別れの時間がやってきてしまうという寂《せき》寥《りょう》感《かん》の入り混じった、複雑な気分で店内を闊《かっ》歩《ぽ》していると、可愛いキーホルダーが目に入った。

手のひらサイズに小さくなったペンギンが、つぶらな瞳でこちらを見つめている。スクールバッグに付けたらいい感じになりそうな大きさだった。

「ねえ、せっかくだから、これ一緒に買おうよ」

今考えると、ずいぶん大胆なことを言ったように思う。

もしもあのとき断られていたら、しばらく立ち直れないくらい落ち込んでいたかもしれない。

でも弘斗は「ん、いいね。可愛い」と、快《こころよ》く私の提案を受け入れてくれた。いつだって、弘斗は優しい。その優しさが、私にだけずっと向けられていればいいのに、って思った。

お揃いのペンギンのキーホルダーを購入した私たちは、並んで駅までの道を歩いた。

前回みたいに話題が途切れることはなく、たくさんのことを話せた。前の日に話したいことを整理して、脳内に刻み込んできたおかげだ。

ほとんど一方的に私が喋《しゃべ》っていたのだけれど、弘斗はつまらなそうな顔をすることなく、ずっと私の言葉に耳を傾けてくれていた。

電車に乗って、隣に並んで座る。今回は途中の駅まで、弘斗と一緒だった。

「今日は楽しかったね」

弘斗が私に言った。その一言が、泣きそうなくらい嬉しい。

良くも悪くも、嘘のつけない素直な人だから、この言葉はたぶん本心だ。

「うん」本当に楽しかった。好きな人とのデートだったから。「ペンギンも見れたし」と付け足したのは、私なりの照れ隠し。

電車内には、仕事帰りのサラリーマンや、大学生らしき集団がいた。

私たちは、他の人から見てどう見えているのだろう。カップルだと思われているだろうか。カップルに見えていたら嬉しいな……。そんなことを考えて、急に顔が熱くなる。

「あ、着いちゃった。じゃあ僕はここで。またね」

弘斗の降りる駅に到着し、彼は席を立つ。

「うん。また」

私は手を振って、弘斗を見送った。

一人で揺られる電車で、やっぱりさみしくなった。

お揃いのキーホルダーを袋から出して眺めることで、さみしさはいくらか中和《ちゅうわ》された。

スマホで撮った写真を見る。面白い形をした魚の写真や、可愛いペンギンの写真。

そして、楽しそうに笑う弘斗の横顔。こっそり撮ったつもりだったんだけど、すぐに気づかれてしまった。

弘斗は怒るどころか「一緒に撮る?」なんて言ってきて、口から心臓が飛び出るかと思った。彼も少し照れていたようで、顔が赤くなっていた。

私たちは、大きな水槽の前でツーショットを撮った。

その写真を見ると、二人の間には、だいたい二十センチくらいの距離があった。いつかこれがゼロに近づきますように、と願う。

私は上手く笑顔が作れていなくて、弘斗は少しブレてしまっていた。

全体的にあまり良く撮れていなかったけれど、この写真は宝物だ。

すごく、楽しかったなぁ……。

幸せな気持ちに浸りながら家に帰り、お風呂でシャワーを浴びていると、重大な事実に気づいた。

別れ際に、また、とは言ったものの、具体的な約束はしていなかった。

今は夏休みだ。学校に行けば会えるわけではない。

弘斗に、次に会えるのはいつになるのだろう。

私から誘ってみようか……。でも、迷惑に思われたらどうしよう。

じゃあ、弘斗の方から連絡がくるのを待とうか。でも、向こうから誘いがあるなんて保証はどこにもない。

私はもう、弘斗とは友達以上の関係を築けたと思っている。かなり仲良くなれたはずだ。

では、弘斗はどうなのだろう。

二人きりで何度か出かけている、ということは、おそらく嫌われてはいないわけで……。

いや、もしかすると、実は面倒だな、なんて思われているかもしれない。

弘斗はあまり自分の意思を優先せず、周りに合わせるタイプだ。教室で観察していても、そのことがわかる。

よく、大変そうな係を引き受けていたり、先生に手伝いを頼まれたりしている。

男友達と遊ぶ計画を立てているときも、自分から意見は出さない。もちろん、意見を求められたときは、無難な案を出したりもするけれど。

空気を読んで、周囲に気を配って、人間関係を円滑にする。

まるで、自分はそういう役割なんだ、とでも主張するみたいに。

弘斗のそういう優しいところを、私は好きになったのだけれど。弘斗は、私のことをどう思っているのだろうか。

こういうとき、優しさは邪魔になる。

私はいつも、ものごとをネガティブな方向へ考えがちだった。

弘斗は別に、私にだけ優しいわけではない。

好きな人の優しさが、どうしようもなくつらかった。

このままだと、ぐるぐる悩んで、そこから抜け出せなくなってしまう。

でも、前に進まなきゃいけない。

弘斗にどう思われているか知りたいし、もっと距離を縮めたい。そのためには、怖くたって動かなければならないのだ。

一応、連絡先は交換しているわけで、連絡を取ろうと思えば取れる。だけど、そんなことをしてしまえば、弘斗への好意がバレてしまいそうで、私はためらった。

ためらっているうちに数日が過ぎて、ああ、これは一生何もできないやつだな、なんて、諦めモードに突入した。恋は難しい。

夏休みよ、早く終われ、と学生にあるまじき願いを掲げながら、私は宿題をそこそこ真面目にこなしつつ、適度に堕落《だらく》した生活を送っていた。

スマホで弘斗に送るメッセージを入力し、あとは送信ボタンを押すだけ、というところまできておいて、数分間にらめっこしたのち、全文削除。そんなことを何度も繰り返す。

どうしても弘斗に会いたくなってしまったら、水族館に出かけたときに購入したお揃いのキーホルダーを眺めたり、撮った写真を見返したりしてにやにやする。

そんなことをしたって、余計に会いたくなるだけなんだけど。

私は完全に、恋する乙女になっていた。

会えない日々が、こんなにも苦しいなんて、恋をする前の私は想像してもみなかった。

だから、それから一週間もしないうちに弘斗に会えたのは、幸運以外の何物でもない。

それは、駅の近くにある大型デパートへ、コンタクトレンズを買いに来ていたときだった。

その日の私は、Tシャツにジーパンというラフな格好だった。髪も寝ぐせが目立たないように、後ろで簡単に縛っただけ。女子力低めのスタイル。

「松戸さん？」

声をかけられ、驚いて振り向くと、そこには弘斗が立っていた。

私は何も言えないまま、自分の適当極まりないファッションに気づいて顔が熱くなった。

違うの。これは休みの日だからであって、誰かと会うんだったら、もうちょっとちゃんとした格好をして外出するの。

何を言っても言い訳がましく聞こえてしまうだろう。まずは現状を受け入れるしかない。

面倒くさくなって一番上にあった服を選んだ今朝の自分を呪った。ジャージではなかったことが唯一の救いだ。

「つ、筒木くん……。どうしたの？」

私の住んでいる町は比較的栄えていて、駅前にはショッピングモールも建っている。休日には買い物に訪れる人も多い。弘斗も買い物が目的かと思ったのだが、それらしき荷物は持っていなかった。

「いや、ちょっとね」弘斗は言いづらそうに口ごもった。「松戸さんは？」

「私はコンタクトが切れちゃって、買いに来てたの」

簡潔に答える。そして、野暮《やぼ》ったい黒縁の眼鏡をかけていることに気づいて、一段と恥ずかしくなった。顔を両手で覆いたくなるレベルだ。

しかし弘斗は、

「ああ、そういえば今日は眼鏡だ。眼鏡の松戸さんも新鮮でいいね」

と、そんなことをさらっと口にするものだから、私は舞い上がってしまった。お世辞でも嬉しかった。

世間話をしているうちに、弘斗がどうして外出しているのか、という疑問はどこかへいってしまっていた。

今だったらわかる。あのとき、弘斗は近くの大きな病院の方から現れた。きっと、このときにはもう通院していたのだろう。

弘斗の身体は、病魔にむしばまれ始めていた。

「あ、せっかくだから、どこかでお茶しない？　もし、用事がなければでいいんだけど」

願ってもいない誘いに、私は二つ返事でうなずいた。

近くのカフェに入店したときにはすでに、適当な服装であることも忘れて、楽しくおしゃべりに花を咲かせていた。

夏休みの宿題がどれくらい終わったかだとか、どこか遠くに出かけたかとか。

そんな、なんでもない話でさえ嬉しかった。

「そろそろ帰ろうか」

カフェに入ってから、すでに二時間が経過していた。楽しい時間はあっという間に終わってしまう。

「うん……そうだね」

弘斗が席を立ち、二人分のグラスを返却用の棚へと置いた。

そんな小さな優しさに、私はまた、弘斗のことを好きになる。

店を出ると、外はいくらか涼しくなっていた。

「……あのさ」

駅まで歩く道の途中で、私は意を決して切り出した。

「何?」

「よかったらまたどこか、出かけませんか?」

我ながら、ずいぶんと不器用な台詞だと思った。

でも、後悔するよりはましだから。

「いいね。行こう。どこ行く?」

水族館に誘ったときと同じような、あっさりした反応。

私がどれだけドキドキしながら誘ったか、弘斗はまったくわかっていないようだった。

「あ、えっと……ど、どうしようか」

どこに行くかなんて、何も考えていなかった。

これじゃあまるで、あなたと一緒に出かけたいですって、そう言っているようなものではないか。

「あはは。じゃあ、まあ、実際そうなんだけど。僕が行きたいところでいい？」

「うん！」

私は力強くうなずいた。

「わかった。また連絡するね」

その日のうちに弘斗から連絡がきて、場所は美術館に決定した。

弘斗の行きたい場所が美術館だというのは意外だった。あまり、そういう場所とは縁がなさそうだったから。

当日、私は弘斗に聞いてみた。

「どうして、美術館に行きたかったの？　何か見たい絵でもあった？」

「うーん。これといってないんだけど、こういう文化的なところって普段は行かないから、死ぬまでには一回くらい行ってみたかったんだ」

死ぬまでには、などという縁起でもない言葉を出して、弘斗は答えた。

私はそれを聞いて「何それ」と、のんきに笑っていたけれど、弘斗の台詞が内包していた切実さが、あのときの私には理解できていなかった。

弘斗はこのときすでに、自分が近いうちに死ぬ未来を、少なからず予期していた。

そんなことも知らない私は、弘斗と出かけているという事実に舞い上がっていた。弘斗のリュックに付けられたペンギンのキーホルダーを見たときは、本当にテンションが上がった。

これから先の未来も、弘斗と一緒にいられると思っていた。

この幸せがいつまでも続いていくのだと、信じて疑わなかった。

私は、ただひたすらに愚《おろ》かだった。

絵画や彫刻を見ながら、館内を歩いた。芸術性とか、そういうことはよくわからなかったけれど。弘斗と一緒に過ごしている時間というのは、それだけで他の何物にも代えられない。そのことは痛いほどにわかる。今なら余計に。

——思い出があふれてきて止まらなくなる。

勇気を振り絞って、玲美に告白したときのことも、僕はちゃんと覚えています。

正直、気持ちを伝えるかは迷いました。そのときにはすでに、僕の身体はちょっとおかしかったのです。

伝えない選択だってもちろんあったけど、僕はもう引き返せないくらいに、玲美のことが好きになっていました。

告白したとき、僕は考えていました。あとどれだけ、玲美と共にこうして普通の生活を送れるのだろう、って。そうしたら、気持ちがあふれてきて……。

だから、告白が変なタイミングになってしまいました。ごめんなさい。


弘斗が告白してくれたのは、私たちが出会ってから、半年くらいが経過した秋のことだよね。

実は私も、クリスマスに告白しよう、という決意をひそかに固めていたのだけど、弘斗はたぶんそのことを知らない。

偶然、学校から帰るタイミングが一緒になって、駅まで二人で歩いていたときだった。

「松戸さんに聞いてほしいことがあるんだけど」

なんでもなさそうな口調で弘斗は言った。このときの弘斗はまだ、私のことを松戸さん、と苗字で呼んでいたっけ。私も弘斗のことを筒木くん、って呼んでいた。懐かしいね。

「うん。何？」

当然、告白だなんて思わなくて、心の準備もできていなかった。

だって、なんの変哲もない、ただの学校からの帰り道だよ？

綺麗な夜景の見える高級レストランでも、夕日の沈んでいくロマンチックな海岸でも、ましてや、二人が肩を寄せ合って座る公園のベンチですらなくて、学校から駅までの間にある歩道で。

「松戸さんのことが……好きなんだけど」

弘斗はそう言った。

「……え？」

私は立ち止まった。同じように弘斗も立ち止まる。

数秒の沈黙。私は視界の端に弘斗をとらえながら、前を向いていた。とても彼の方を向ける状態ではない。

「えっと……松戸さんのことが、好きです」

さっきよりもはっきりした声で、弘斗は繰り返した。珍しく、緊張をはらんだ声だった。

「ちょ、ちょっと待って」

いったん落ち着こう。

「うん」

それは何よりも私がほしかった言葉で、飛び跳ねるくらい嬉しいはずなのに。

あまりにも突然で、驚きの方が先に訪れてしまっていた。

正直なところ、弘斗も、私のことを好きでいてくれているんじゃないかって、ほんのちょっとだけ思ってはいた。けれど、もし違っていたら悲しくなるから、そんな甘い期待は心の奥底に封印していた。

幸い、人通りは少なくて、クラスメイトや知り合いに目撃されることもなかった。

それでも恥ずかしいものは恥ずかしくて、私の顔は赤く染まっていたと思う。

「それ、何かの罰ゲーム？」

ようやく私は弘斗の方を向く。

彼は真剣な面持ちをしていた。私も同じような表情をしていたと思う。

「違うよ」

弘斗は否定する。

「じゃあ、私をからかってる？」

「そんなわけない」

「これ、夢じゃない？」

首を横に振る。

「うん。夢じゃない」

もしも夢なら、覚めないでほしいと思った。

「本当に？」

「本当だよ。どうして、そんなに疑ってるの？」

だって、私が好きな人が、私のことを好きだなんて。

そんな奇跡みたいなこと……。

「信じられない……」

「え？」弘斗の焦ったような声。「あ……ごめん。迷惑だったよね」

私の発言を逆にとらえて、彼はあたふたしているようだった。

「あ、違うの！　そういう意味じゃなくって！　私も、筒木くんのこと、その……いいなって思ってたから……。びっくりして」

私も慌てて誤解を解く。精いっぱいの勇気を振り絞ったけど、後半は小声になった。

好き、という言葉は、まだ口から出てこなかった。

「よかった。何も思われてなかったらどうしようと思った」

弘斗はホッとした表情で言った。

何も思ってないような男子と二人きりで何回も出かけたりしない。でも、それはきっと弘斗だって一緒だ。

今、客観的に思い返すと、二人ともバカみたいだった。

気持ちを確かめ合うために、私たちはすごく遠回りをしていたような気がする。

でも、その遠回りも、恋の楽しみ方の一つなのだろう。

「じゃあ、僕と、付き合ってくれますか？」

さっきよりは少し余裕のある声で、弘斗が言った。

「はい。よろしくお願いします」

私は頭を下げて答える。照れくさくて、つい敬語になってしまう。

こうして、私は弘斗の彼女になった。

私の初恋は、無事に実った。

あのとき勇気を出して想いを伝えて、本当によかったなって思います。

でも、ちょっと後悔もしています。幸せを知ってしまって、余計に死ぬのが怖くなってしまったから。

胸の痛みが、一段と強くなる。

私と同じだ。

弘斗を好きになって、弘斗に好きになってもらって、私はとても幸せだった。

でも、今はこんなにも悲しいし、苦しい。

私たちは、恋をしない方がよかったのだろうか――。

幸せと不幸せの総量なんて比べようがないし、そもそも比べてみて答えが出るような問題でもない。

そのあとも、二人で色んな場所に出かけたり、色んなものを食べたりしました。

喧嘩はあんまりしなかったけれど、たまに玲美の機嫌を損ねちゃったりもしました。

理由を聞いても教えてくれなくて、その度にすっごく悩むんだけど、結局教えてくれないままでした。正直、今でもよくわかっていません。こんなダメな彼氏で、本当にごめんなさい。

本当にバカなんだから……。

謝らなくちゃいけないのは、私の方だ。

喧嘩にならなかったのは、弘斗が優しいからだよ。いつも、わがままばっかり言ってごめん。

あと私の機嫌が悪くなったのは、ただの八つ当たりだ。本当にごめんなさい。

でも、他の女子と仲良く話す弘斗を見てると、どうしてもムカムカする。そんなこと、絶対教えてあげないけど。

手紙を読むと、そのことを結構気にしていたみたいで、少し反省。

直接謝りたいな……。

思い出を一つひとつ、全部書き連ねていきたかったけれど、それじゃあ時間と紙がいくらあっても足りなそうだから、省略します。

きっと、ここに書くまでもなく、玲美の記憶の中にも残っていると思うから。

その通りだバカ。

朝、早起きしてテーマパークへ行ったことも、放課後にファミレスでドリンクバーだけ頼んでテスト勉強したことも、夜の公園で——初めてのキスをしたことも。全部、大切に胸にしまってある。

けれど、私たちが恋人同士になってから、弘斗は色々と無理をしていたのだと思う。

弘斗はテーマパークで、絶叫マシンには乗らなかった。苦手だからと言っていたけれど、本当は身体に負担がかかるからなのだろう。

ファミレスで弘斗が食後に飲んでいた薬はきっと、風邪薬なんかじゃなかった。

思えば、他にも予兆はたくさんあった。

体育の授業を見学するようになったのも、たまに学校を早退することがあったのも。

それに気づけなかったことが、すごく悔しい。でも、気づけていても、たぶん何も変わらなかったのだろう。

あと、もう一つ謝らなくてはいけないことがあります。

玲美が楽しみにしてたライブ、結局、僕のせいで行けなくなってしまいました。

玲美は「また別の機会に行こう」って言ってくれたけど、どうやら、その約束は果たせそうにありません。ごめんなさい。


「ライブなんて、今はどうでもいいよ。そんなの」

だって、弘斗がいなくなっちゃったら、意味がないから。

そんな約束より、私は弘斗に生きていてほしいのに。ただ、それだけでいいのに。

高校二年生の冬休み。弘斗と、年末のライブに出かける約束をしていた。

何組かのアーティストが出演するライブで、チケットの競争率はかなり高かったから、当選したときは嬉しかった。ライブ当日が楽しみだった。

しかし、ライブの前日。弘斗からメッセージが届いた。

その内容は「明日のライブ、行けなくなった。ごめんなさい」というものだった。

理由も書かれていない、ただそれだけの素っ気ない文章だった。

私は、わかった、とだけ返した。

それ以降、弘斗からの返信はなかった。

どうしたの、とは聞けなかった。怖かったから。
ショックだったし、戸惑いもした。弘斗とライブに行けなくなってしまったことも
そうだけど、それ以上に、弘斗からの、彼らしくない無味乾燥なメッセージが。
いつもの誠実な弘斗だったら、行けなくなった理由とか、埋め合わせのこととか、
そういうことを私に話してくれるはずなのに。
まるで、そんな余裕がないというように、弘斗からのメッセージはそれ以降届かな
かった。
そのことが、どこか私を拒絶しているように思えて、苦しかった。
もしかして、私のことが嫌になってしまったのか、などと考えて、泣きそうになっ
た。
ライブに一人で行く気にもなれず、私は自室でふさぎ込んでいた。
ベッドに寝転がって、天井を見てボーっとしていた。何か別のことをする気も起き
なかった。
もう二度と立ち上がれないんじゃないかってくらいに、心が重かった。
でもこのとき、弘斗は、私の比ではないくらい、重いものを抱え込んでいたのだ。

色々とやり残したことはあるけれど、おおむね満足です。

僕の人生は幸せだったって、胸を張って言えます。玲美のおかげです。

ありがとう。

ありがとうなんて言葉じゃ、全然足りないけれど。


私が弘斗の病気のことを知ったのは、それからすぐだった。

弘斗がライブをドタキャンしてから、怖くて連絡することができないでいた。

年をまたぎ、おめでたい空気がそこら中に蔓延《まんえん》している中で、私は深く沈んでいた。

家族にも心配されたけど、愛想笑いでごまかした。

友達から初詣《はつもうで》に誘われたけれど、どうしても行く気になれなくて断った。

そして三日後、弘斗からメッセージが届く。

直接会って、話したいことがある。と、そう書かれていた。

何度かメッセージをやり取りし、翌日の昼に会うことになった。このやり取りのときも、弘斗からのメッセージは単調だった。まるで、あまり接したことのないクラスメイトみたいな距離感が、私たちの間にある見えない壁を象徴《しょうちょう》しているようで、つらかった。

今まで、弘斗と会う日の前は楽しみで仕方がなかったのに、そのときだけは違った。

お腹《なか》が痛くなって、現実を知りたくなくて、明日なんて一生こなければいいって、本気でそう思っていた。

当日、待ち合わせ場所に向かう私の足取りは重く、歩幅は狭くなる。

先に着いていた弘斗は、私を見ると、小さく笑った。

申し訳なさそうな顔をしているようにも、困っているようにも、私を拒《こば》んでいるようにも見えた。

私たちは、落ち着いて話せる場所に移動する。

歩いている間に「この前は、ごめんね」「……うん」と、一言ずつ発して、あとは無言だった。気まずい沈黙が、二人の間を漂《ただよ》っていた。

その場から逃げ出したくなる。耳をふさいで、どこかへ行ってしまいたかった。

人の少ない公園のベンチに座る。

「大事な話があるんだ」

そう言った弘斗の表情は、いつになく真剣だった。

一年前、告白された日のことを、私は思い出す。あのときみたいな、緊迫した声音だった。

何か、重大なことを、私たちの関係を変えてしまうような、決定的な何かを話そうとしていることは明確だった。

心臓の音がうるさかった。

「うん。何？」

地面を見つめて、私は聞いた。

別れ話だったらどうしよう。私の何が悪かったんだろう。どうしたらまた振り向いてくれるだろう。

まだ内容も聞いていないのに、どんどん悪い方向へと想像が進んでいく。

「実は――」

切り出した弘斗の顔は、暗く沈んでいた。声は、震えていた。

世界中の絶望を集めてごちゃ混ぜにしたような、あの淀《よど》んだ表情と声を――私は生涯、忘れることはないだろう。

結果的に、別れ話ではなかった。でも、安堵《あんど》はしなかった。

別れ話の方が、まだましだったから。

弘斗は難病にかかっていた。

日本での症例はごくわずかで、治療方法は確立されていない。その病気の詳細は聞かされていない。聞きたくもなかった。

このまま放っておくと、二十歳を迎える前に死ぬ。

突きつけられた現実は、あまりにも残酷で。

「……嘘、でしょ？」

そんな言葉が、口をついて出た。

「玲美……」

弘斗の顔が、悲しみに歪む。

「ねえ、嘘って言ってよ！」

現実から目を背けて、私は叫んだ。

せめて、私と別れるために考えた、まったくのでたらめであってほしかった。それも悲しいけれど。

「ごめん……」

弘斗が一番つらかったはずなのに、あろうことか、謝罪の言葉を吐かせてしまった。

私は最低だった。

弘斗は冗談はたまに言うけど、嘘はつけない。そんな素直さも、私が弘斗を好きになった理由の一つだった。

「……でも、治療が上手くいけば、死なないんでしょ？」

私は精いっぱい強がって口にした。そして同時に気づいてしまう。

治療が上手くいけば死なないということは、治療が上手くいかなければ死ぬのだ。

「うん。主治医の先生はすごい人らしいんだ。それに優しいし。だからきっと大丈夫。ライブ、行けなくて本当にごめん。治ったら行こう。約束」

弘斗のその泣きそうな——つらさをかみ殺して、強制的に顔の筋肉を動かして微笑んだような表情を見て。

無理やり張り付けた私の笑顔は、いとも容易《たやす》く剥がれ落ちた。涙だけはどうにかこらえて、

「うん。約束だよ。また別の機会に行こう」

震える声で私は言った。また別の機会。それが私たちに訪れることを、強く祈りながら。

それ以上は何も言わなかった。色々と聞きたいことはたくさんあったけれど、もし聞いてしまえば、何かが決定的に壊れてしまいそうな気がして。

私は、どうすればよかったのだろう。これからどうすればいいのだろう。

たぶん正解なんてどこにもなくて、ただ悲しくて悔しくて、やるせない気持ちだけが募っていく。

人生で一番長く感じた冬休みが終わって——。

高校二年生の三学期から、弘斗は高校に来なくなった。

弘斗の、それからの約一年間は、入院と退院を繰り返す日々だった。

僕が入院している間も、毎日のようにお見舞いに来てくれて、本当に感謝していま

す。

　玲美のおかげで、楽しい闘病生活になりました。

　あまりにも玲美がお見舞いに来てくれるものだから、受験が心配だったけど、無事に第一志望に受かったみたいでよかったです。もうすぐ玲美は大学生か。うらやましいな。


　楽しい闘病生活って何？

　そんなの嘘だ。

　弘斗がたくさん苦しんでいたことも、それを私に見せまいと必死で強がっていたことも知っている。

　痛みだって酷いはずなのに、私の前では弱音一つ吐かずに、弘斗は私の大好きな笑顔でいてくれた。

　無理させちゃってたのなら、ごめんなさい。

　でも、私の存在が、少しでも弘斗の支えになっていたらいいと思う。

　それは、どこまでも自分勝手な願いで、心からの祈りだった。

　私はほとんど毎日、弘斗の病室に訪れた。

　さすがに邪魔だと思われるかも、と自分でも思ったけれど、はっきりと拒否されるまで続けるつもりだった。結局、最後の最後まで、弘斗は拒絶することなく、私を受け入れてくれた。

意図しない形で、彼の両親とも会うことになった。二人とも、弘斗に似て、穏やかな人たちだった。

申し訳なさそうに「来てくれてありがとう」と言う弘斗を見るのはつらかったけれど、それでも私は弘斗のことが好きだったから、通い続ける道を選んだ。

さいごに一つだけ、玲美にお願いがあります。

下から三行目には、そんな一文が書かれていた。

私はしばらく、その先に書いてある文章を読むことができなかった。

さいごに、なんて言葉を使わないでよ。

さいご、という文字が、わざわざひらがなで書かれている理由に気がついて、私は悲しくなった。

たぶん、最後と最期の二つの意味を持たせているのだ。

遊び心を加えたつもりだろうか。全然面白くなんかないけど。

そもそも、お願いって何？　一方的に、勝手に願いだけ手紙に書いて、私の返事を聞く気がないのは、ずるいんじゃないの？

私がそれを無視できないことくらい、わかってるくせに。いや。わかってるから、こういうことをしてるのだろうか。

どうせなら、読まずにぐちゃぐちゃに丸めて捨ててしまおうか。

そうすれば、弘斗の願い事はなかったことになる。

でも結局、最後まで読むことを選択した。

これは紛れもなく、私に向けて書かれたメッセージなのだ。読まずに捨ててしまうことは、弘斗を裏切ることに他ならない。

弘斗のことを真面目などと、今まで散々評していたけど、私もたいがいだ。

ゆっくりと目線を下にスライドさせる。

最愛の人がさいごに残そうとした、私への願い事だ。


僕のことは綺麗さっぱり忘れて、どうか幸せになってください。そうしないと、化けて出て呪います。

玲美の幸せが、僕の幸せです。だからどうか、幸せになってください。お願いします。

どこまでも弘斗らしいお願いだと思った。最後の最後まで、彼は優しかった。他人思いだった。愛おしかった。大好きだった。いや、今だって大好きだ。

私の大好きな人の切実な願いが、震えた線で書かれていて——。

手紙はそこで終わっていた。

気づけば、頬を涙が伝っていた。悲しみが止め処《ど》なくあふれてくる。

洟をすする音がやがて、嗚咽《おえつ》に変わった。もう、制御できなかった。

「……無理だよ」

弘斗のことを忘れるなんて。

そんなの、絶対に無理だ。

どうしたって、忘れられるはずがない。

肩にかけていたスクールバッグ。それに付けられている、ペンギンのキーホルダーをぎゅっと握る。

呪われてもいいから、化けて出て、また私に会いに来てよ。そんなことすら考えてしまう。

その前に、死なないでよ。

私は、他の誰かと幸せになりたいんじゃない。好きな人と——弘斗と幸せになりたいんだ。

そのまま数分ほど泣き続けて、ようやく落ち着いてきた。

ハンカチで目元を拭って、弘斗の手紙を改めて読み返す。

――本当に、弘斗はバカだ。

何が、僕はもうこの世にいないんだね、だ。

僕のことは綺麗さっぱり忘れて、どうか幸せになってください、だ。

あまりにも自分勝手すぎる。

どうにか涙は止まったけれど、胸の奥から湧いてくる感情は止まらない。

その感情が、悲しみなのか怒りなのか、その両方なのか、自分でも判断がつかなかった。

心に渦巻くごちゃごちゃの感情は、臨界点を超えて――。

「こんなものっ！」

私は弘斗の手紙を、力任せに引き裂いた。

弘斗の遺書が、弘斗の遺志が、想いが、バラバラにちぎれていく。

二つに裂いた紙を重ねて四つに。

四つに裂いた紙を重ねて八つに。

十六の破片になったところで、それ以上破けなくなった。どれだけ力を加えても、私の力では足りなかった。

それでも私は力を入れて、なおも紙を引き裂こうと試みる。

指が痛い。ひりひりする。

もっと小さくちぎって、目に見えないくらいの塵《ちり》にして、弘斗の病気ごと、なかったことにしたいのに。

どうしようもなく、私は無力だった。

仮にちぎれたとしても、弘斗の病気はなくなってくれやしない。当然、そのこともわかったうえで。

神様に祈ることでしか、一縷《いちる》の望みに縋ることでしか、私は弘斗のために何かをすることができない。

いや、彼のためではない。弘斗の病気が治ってほしいという思いは、結局、私が弘斗と一緒に生きたいからだ。

突き詰めれば、それはあまりにも自分勝手な願望だった。

流し終えたと思っていた涙が再びあふれてくる。

絶望と自己嫌悪にまみれて、私は、どうにかなってしまいそうだった。

手から力が抜けて、弘斗の手紙が床に散らばった。

ひらひらと舞い落ちていくそれは、弘斗の命を暗示しているようで、そのことが私の涙に拍車をかける。

涙腺《るいせん》が壊れてしまったみたいに、私は泣いた。

嫌だ。嫌だよ。弘斗がいなくなってしまうなんて、嫌だ。

そして、しばらく泣き続けていた私の耳に、聞き慣れた声が届いた。


「……玲美？　何……してるの？」


目の前のベッドに横になったままの弘斗が、ぼんやりした目で私を見ていた。

「どうしたの、玲美。なんで泣いてるの？　酷い顔だよ？」

のんきな弘斗の声音。

誰のせいで泣いてると思ってるの？　誰のせいで、こんなに酷い顔になってると思ってるの？

「弘斗がっ……弘斗がこんなもの書くからじゃんっ！」

私は涙でぐちゃぐちゃになりながら、それでもここが病院だということを思い出して、小声で言った。

今から三十分ほど前。いつも通り、弘斗の見舞いに訪れた私は、ベッドに併設された小さなテーブルの上に手紙を見つけた。

当の本人は、寝息を立ててぐっすり眠っているようだった。

「ああ。見つかっちゃったか。……あれ？」弘斗は壁にかかった時計を見る。「でも、今日は早いね。学校は？」

時刻はまだ午後の二時だった。本来なら、私はまだ学校にいる時間だった。

しかし、ちょうど学校でインフルエンザが流行していて、授業が午前中で終わったために、いつもより少し早めに病院に到着したのだ。おそらく、弘斗は油断して、手紙をテーブルの上に置いたままにしていたのだろう。

「今日は学級閉鎖。インフルエンザが流行ってて」

弘斗が上半身をゆっくり起こす。緩慢《かんまん》な動きは、寝起きだからという理由だけではない。

「そっか。玲美は大丈夫？」

弘斗の声は、感情的になっている私とは真逆で、どこまでも穏やかだ。

「私の心配なんかしてる場合じゃないでしょ？　弘斗のバカ！」

「玲美……」

闘病中の弘斗は、以前に比べて痩《や》せた。細かった身体はさらに細くなった。

「勝手に終わらせないでよ！」

「でも……」

「でもじゃない！」

弘斗の言いたいことはわかっている。

彼はもうすぐ手術をする。手術の成功率は約二十パーセントと聞いていた。決して高い数字ではない。それどころか、失敗する可能性の方が大きい。そして、手術の失敗はそのまま死を表す。

もう二度と、大切な人に会えなくなってしまうかもしれない。

だからもしものために、手紙を書いておく。

それは用心深くて真面目な、彼らしい行動だった。

私が同じ状況に置かれたらどうするだろう。やっぱり、手紙を書いておくような気がする。

だから弘斗のことを責める権利なんてないのかもしれない。

けれど、やっぱり嫌だ。

「弘斗、この手紙に、さいごにお願いがあるって書いたよね」

もう破いてしまったけど。

「うん」

「じゃあ私も、弘斗にさいごのお願い、していい？」

「今の僕にできることなら」

点滴の針の刺さった腕を見せびらかすようにして、弘斗は言った。自虐ネタもお手のものだ。そのことが、今はどうしようもなくつらい。

「手術、絶対に成功させて。そんで、まだできてなかったことしたりとか、行けてなかった場所に行ったりとか、しよう。私と一緒に。もちろん、ライブも。だから、絶対に死なないで。お願い」

手術はもう、一週間後に迫っている。まだ高校三年生の私には、成功を祈ることしかできない。無力をかみしめて悔しさに押しつぶされそうになるのは、もう何度目だろう。

「もし弘斗が、私のお願いを叶えてくれないんなら、弘斗のお願いも聞かない」私は意外に頑固なのだ。「だから、絶対に手術、成功させて」

「それは、主治医の先生に言うことじゃないかな」

弘斗が困ったように笑う。

「そこは普通、うなずくところじゃない？」

私は不満をぶつけた。

「だって、僕一人の力じゃ、どうにもできないことだし」

こんなときでも、弘斗は真面目だ。彼は、できない約束はしない。

現実を見据えて、地に足をつけて生きている。

それに、弘斗だって必死なのだ。

毎日、痛みに耐えながら薬を投与されて、点滴で栄養を摂って。生きるだけでいっぱいいっぱいの日々を、必死で過ごしている。

もちろん、死にたくなんてないはずだ。

どうして弘斗が……。

弘斗が何か悪いことをしたの？　弘斗が誰かを苦しめたの？

世界は、どうしてこんなに理不尽なの？

「病気なんて、気合でどうにかしてよ」

涙を拭いながら、私は言う。蚊の鳴くような、弱々しい声になってしまった。

「無茶苦茶だ」

弘斗は笑った。とても楽しそうに。

「でも、どうにかなる気がしてきた。玲美が応援してくれれば、病気だって倒せる気がする。うん。手術、成功させてくるね」

そして、私たちはたくさんの約束をした。

行きたい場所。見たい景色。食べたい料理。そういうものを片っ端から思いつくままに挙げた。

弘斗の手術が終わったら、それを全部叶えるのだと、今どき小学生でもしないと思うけど、指切りをした。

弘斗の弱々しい小指を、私はしっかりとつかんだ。

ただの気休めだということは、私も弘斗もよくわかっている。

そんな気休めでも、弘斗が手術を成功させてくると言ってくれたことが、私はどうしようもなく嬉しかった。

手術の成功を、弘斗を、私は信じることにした。


そして一週間後。

弘斗の手術は成功した。私は盛大に泣いた。

リハビリを重ねて、弘斗は無事に退院した。

それからは、信じられないくらいに幸せな日々がやってきた。

弘斗は半年に一度、検査のために通院はしているけれど、普通と変わりない生活を送れるようになった。

私より一年遅れて大学生になった弘斗は、とても生き生きとして見えた。

私たちは、約束を一つひとつ果たしていった。

色々な場所に行った。

弘斗と一緒に、色々なものを見て、聞いて、感じた。

あのときには行けなかったライブにも参加した。

それから時は過ぎて、私たちは結婚した。子どもができて、やがて孫もできた。

これ以上ないってくらいに、幸せな生活を送った。奇跡みたいだった。

そして——つい先日。七十三歳で、弘斗は私よりも先に亡くなった。

私もきっと、先は短い。やり残したことなんて数えきれないくらいあるし、もっと生きていたかった。そう思えるくらいに、幸福な人生だったのだろう。

今、そう言えるのは、間違いなく弘斗のおかげだ。

今日は弘斗の葬式で、彼にお別れを言うために、たくさんの人たちが集まっていた。私が見たことのない、様々な年齢の人が、代わる代わる訪れた。弘斗の教え子たちだった。

弘斗は大学を卒業してから、定年までずっと、高校の教師として働いていた。

もちろん、親戚や大学時代の友人なんかも参列していた。

彼らはみんな一様に、弘斗の死を悼《いた》んでくれた。私の知らない弘斗のエピソードなんかも聞けた。

弘斗は、多くの人間に慕われていた。

不思議と、涙は出てこなかった。

心はこれ以上ないくらいに安らいでいて、最愛の人の死を、私はしっかりと受け入れていた。

今まで、生きてくれてありがとう。

喪服に身を包んだ私は、弘斗の眠る棺をのぞき込む。

彼は、とても幸せそうな顔をしていた。死んでいるなんて、嘘みたいだった。今にも起き上がって、私の大好きな笑顔で笑いかけてくるんじゃないかって思った。

誰よりも愛した人の葬儀に出るということは、果たして幸せなのか、それとも不幸せなのか。

考えてみても答えは出ないけれど。

彼の生きた日々を、彼と生きた日々を――私は何よりも尊く思う。

愛に敗れる病

加賀美真也

今からちょうど四年前の春、僕は高校入学から僅《わず》か二週間で学校を辞めた。

生まれつき環境の変化や感情の起伏といった精神的なストレスに弱かった僕は、家族で旅行をすれば必ず体調を崩し、クラス替えのたびに数日は寝込んでいた。時には部屋の模様替えといった些細《ささい》な変化ですら軽微《けいび》ながら体調に影響を及ぼす始末。

そんな僕が受験のストレスや高校での新生活で体を壊すのは必然だった。それでも「高校くらいは通わなければ」と体に鞭《むち》を打った結果、退学に至った。

学校で気絶した僕が病室で目を覚ました時、すぐ傍《かたわ》らにいた両親がえらく神妙《しんみょう》な顔をしていたのを今でも鮮明《せんめい》に覚えている。僕が目を覚まして安堵《あんど》したような、けれどどこか不安そうな、そんな表情だ。

何故《なぜ》そのような顔をするのか、理由は医者の話の中にあった。

「司《つかさ》くん、意識ははっきりしてるかな？」

「はい」

「今から少し酷《こく》な話をするけど、落ち着いて聞いてほしいんだ」

ふくよかな体型をした中年の医者は諭《さと》すように前置きを入れたうえで、僕が置かれている状況を詳《つまび》らかに説明した。

「君は愛敗病《あいはいびょう》という先天性の病気にかかっている。簡単に言えば、些細な感情や環境の変化が臓器や血管、筋肉にダメージを与える病気だ。ストレスに弱いって言えばわかりやすいかな。心当たりはあるね？」

愛敗病。

聞き覚えのない病気だったが、医者の言う通り心当たりはある。むしろ心当たりしか見当たらないほど、僕は日々自身の虚弱《きょじゃく》さに打ちひしがれていた。

眩暈《めまい》、手足の痺《しび》れ、痙攣《けいれん》、嘔吐《おうと》や下痢《げり》。症状が重い時には呼吸困難も。たった十数年の人生で、僕はありとあらゆる不調を経験してきた。

そのほぼ全てが、愛敗病によるものなのだという。

「……治るんですか？」

医者は難しい顔をした。

「愛敗病は非常に稀《まれ》な病気でね……世界中で十数件しか例が確認されていないんだ。残念だけど、根本的な治療法も、治療薬もまだ確立されてないんだよ」

何よりも恐ろしいのは、愛敗病を患《わずら》っている人間は個人差はあれど共通して平均よりも寿命が短い点。記録されている中で最も長寿だった人でも五十歳手前で亡くなっており、最短では僅か九歳で命を落としている。

一度体調を崩しても養生《ようじょう》すれば回復はするが、塵《ちり》も積もれば山となるという言葉があるように、徐々に命がすり減っていくと医者は言った。

唯一の対策は可能な限りストレスを受けない生活を心掛けること。

それから、僕の人生は激変した。

——かのように思えたが、蓋《ふた》を開けてみればむしろその逆だった。

毎日同じ食べ物を口にし、同じ衣服を身に纏《まと》い、同じ寝具で睡眠をとる。決して知らない場所へは出掛けず、どこかへ向かう際は同じ道を通る。

何を行うにしても、意識するのは徹頭徹尾《てっとうてつび》「いつもと同じ」。

環境や感情の変化が体に悪影響を及ぼすのであれば、それらを排除した生活を送る。

当たり前の発想だ。

僕に強いられたのはそんな退屈極まりない日常だった。

今日も僕は通い慣れた図書館の一角でいつものように絵を描いていた。

愛敗病と診断を受けてから四年、普通の社会生活を営めなくなった僕は絵の道に足を踏み入れていた。元々趣味で絵を描いていたのと、締切さえ守れば比較的マイペースに活動できるというのが理由としては大きい。おかげで今ではイラストレーターとしてライトノベルや文芸小説の表紙を描くまでになった。

ありがたいことに、頻繁《ひんぱん》に仕事をくれる会社はどこも僕の病気に理解があり、できるだけ不安やストレスがないよう入念かつ丁寧《ていねい》な打ち合わせをしてくれたり、かなり猶予《ゆうよ》を持って締切を設定してくれる。おかげでのびのびと活動させてもらえている。

鉛筆を走らせ、ざっくりと全体の形や構図がわかる程度のアタリを描く。

図書館は作業にうってつけの空間だ。雨の日の教室を彷彿《ほうふつ》とさせる薄暗い館内に独特な紙の匂い。時折どこからか聞えてくる紙をめくる音。全てが僕の集中力を高めてくれる。

「……よし、こんなところかな」

数枚のラフを描き上げ、ふと壁時計に目をやれば既に午後三時を過ぎていた。

もうじき学校帰りの高校生らが集まってくる時間だ。描き上げたラフを鞄にしまい込むと、ちょうど入口から若い男女の声が聞こえてきた。

平日といえど放課後ともなれば勉強熱心な学生らが波のように押し寄せてくる。

人混みはどうにも苦手だ。

彼らと入れ替わるように図書館を後にした僕はいつもと同じ道を通り、いつもと同じコンビニに寄り、いつもと同じ棚からいつもと同じ抹茶ケーキを手に取った。

買い物を済ませた僕は空を仰ぎ、軽く体を伸ばしながら深呼吸をする。

今日は天気がいい。暖かい日差しと過ごしやすい気温、まさに理想的な春の日だ。

しかし一方で、どこか晴々《はればれ》としない気分を抱えている自分がいた。

家に着くや否や、疲労を押し付けるようにベッドへ倒れ込んだ。

静かな部屋の中、目を瞑《つむ》ると心の内側が主張を強めてくる。

晴々としない気分はいつの間にか明確に不快な感覚となって胸の中央に鎮座《ちんざ》していた。

僕はこの感覚を知っている。もう何度も味わった感覚だ。

これは、虚無感。

ふとした瞬間——たとえば誰かが楽し気に笑っているのを見た時、僕は決まってこの感覚に陥《おちい》る。僕には関係のない世界を見ているような虚しい感覚だ。

愛敗病患者は心の底から笑うことを許されない。

ストレスとは何も負の感情のみを指すのではなく、時には喜びや幸福感でさえ僕の体に牙を剥《む》く。喜怒哀楽の全てが体を蝕《むしば》む要因となり得るのだ。

だから僕は機械のように無機質で無感情な生き方を徹底している。

そのせいか、ふとした時に何か物足りないような虚無感が襲ってくる。

だけど別に、今の生活に不満があるというわけでもない。

生まれつき神経質で、自分の世界にこもりがちだった僕からしてみれば、愛敗病の制約である「いつも通り」を心掛けるのは大した苦痛ではなく、捉《とら》え方によってはむしろ平穏ですらあるのだから。

絵で食べていけるだけの稼ぎがあるのは幸運に他ならないし、実家暮らしだから貯金もできる。家族仲だって良好だ。

今の生活は決して劣悪などではなく、どちらかと言えば恵まれているとすら思う。

ただ、何かが足りない。そんな感覚がずっと胸の中にある。

時折、心の底から笑っている人を見ていると、つい考えてしまう。

「僕は、本当にこれでいいのか……？」

愛敗病である以上はどう足掻《あが》いても短命なのは間違いないが、それでも今の生活を続けていればあと数十年は生きられるだろう。このままでも僕は問題なく生きていけるのだ。

そう、生きていける。ただし、それだけだ。

輝くような青春もなければ、誰かを深く愛することもない。景色の変わらない日々を繰り返すだけの、味のないガムを噛《か》み続けるような人生。

果たしてそれは生きていると言えるのだろうか？

平凡で退屈な一生と、たとえ短くても満ち足りた一生。

本当に幸福なのはどちらか。

そんなことを、僕は時折考える。

「……いや、やめよう。これ以上はよくない」

現状に不満がないならそれでいいじゃないか。

これは僕自身が選んだ生き方だ。

翌日も僕は図書館で絵を描いていた。

図書館でラフを描き、仕上げは家で行う。それが僕の作業ルーティンであり、僕が心掛けているいつも通りの生活。

当然、座っている場所もいつもと同じ。館内の最奥、その左角の席だ。目の前とすぐ左手側には壁があり、席を立って数歩後ろに歩けば二メートル台の本棚が設置されている。囲まれているような安心感が心地いい。

必要となるであろう資料を本棚から適当に取り出し、早速作業に取り掛かった。すぐに資料を確保できるのも図書館の利点だ。

一段落ついたところで一度鉛筆を置き、時間を確認する。

二時四十五分。いつも通り、至って順調だ。

一息ついてから図鑑を棚に戻し、軽く用を足すついでに手についた鉛筆汚れを入念に洗い流した。そして席に戻ろうとした僕は、しかし寸前のところで足を止めた。

直面したのは、いつもとは違うイレギュラーな事態。

僕の席に、誰かがいる。

そこには机を覗《のぞ》き込むように、黒のセーラー服を着た少女が立ち尽くしていた。

後ろ姿しか見えないが、どうやら僕が先ほど描き上げたラフを熱心に眺《なが》めているようだった。

どうしたものか。これでは戻ろうにも席に戻れない。

それとなく存在をアピールすべく彼女のすぐ隣席に立ってみるも、手を伸ばせば触れられるような距離だというのに一向にこちらに気付く気配がない。

目にかかりそうな重い前髪が印象的な彼女は、ひたすらに僕の絵を注視していた。

このままでは埒《らち》が明かない。

「……あの」

仕方なく声をかけると、ややあってから彼女は体ごとこちらを向いた。

面と向かって見る彼女は、一言で表すのなら可憐《かれん》、その言葉が相応《ふさわ》しかった。

強く触れれば壊れてしまいそうな華奢《きゃしゃ》な体。濁《にご》りのない潤《うる》んだ瞳。肩まで届く黒髪と黒いセーラー服のせいか、雪のように白い肌がより強調され、今にも溶けてしまいそうな儚《はかな》さを醸《かも》し出している。

どこか静謐《せいひつ》さを漂《ただよ》わせる少女は、僕と机上《きじょう》のイラストを交互に見て、やがて何かを悟ったような顔をした。

「あっ。もしかして……」

僕が無言で頷《うなず》くと、彼女は慌てて一歩身を引いた。

「すみません っ。勝手に見ちゃって……」

「いえ、出しっぱなしにしていた僕にも非はあるので」

いくらラフとはいえ、この時間帯は人がいないからと仕事用の絵を机に放置したのは迂闊《うかつ》だった。

少女を横目に諸々の荷物を鞄にしまい込み、帰り支度を整える。

気まずそうに立ち尽くしていた少女に軽く会釈《えしゃく》をし、立ち去ろうとしたその直前、彼女は「えっと、少しいいですか？」と控え目に僕を呼び止めた。

「さっきの絵って、お兄さんが描いたんですか？」

「まぁ、そうですね」

「凄いです！　多分まだラフ？ですよね。それなのにあのクオリティって……！」

「……どうも」

面と向かって褒められるのに慣れていないせいで、なんだかむず痒《がゆ》い感覚に陥った。どう返すのが正解なのだろう。僕にはよくわからない。

困惑を察してくれたのか、少女は気を利かせたように「あっ、もう帰るところでしたよね？　引き止めちゃってごめんなさい」と言って、吸い込まれるように書架《しょか》の方へ姿をくらませた。

なんだったのだろう。離れていく彼女の背を眺めつつそんなことを思った。そもそも今はまだ学生がうろつくような時間ではないはずだ。

「まあ、気にしないでおこう」

考えても意味はない。どうせもう会うことはないだろうし。

しかしその翌日、少女はまたしても僕の前に現れた。

「あ、こんにちは！」

ちょうど僕がラフを描き上げた頃、背後から声をかけられた。

昨日もそうだったが、まだ学校が終わる時間ではない。

学生と鉢合わせないために普段からこの時間に絵を描いている身としては、些か不可思議だった。

「えーっと、学校は？」

湧いたままの疑問を口にすると、少女は間髪入れず「サボりました」と答えた。次いで「私、サボり魔なんですよ」とも。

真面目そうな見た目からは想像もつかない返答だった。

一体、僕に何の用があるのだろうか。

「ええと、僕に用事ですか？」

「はい。少しだけでいいので絵を見せてもらえたらなって……」

なるほど、そういうことか。そういえば昨日も僕の絵を見ていたっけ。

「もちろん、いいですよ」

僕は快くラフを手渡した。しかし実際は上手く断る理由が見つからなかったから了承しただけで、内心では焦りを感じていた。僕のいつも通りに他者との交流は含まれていない。この子と話すのはリスクが大きいと思えた。

僕の内情など知る由《よし》もない彼女はラフを見て無邪気に目を輝かせている。

こんなにも熱心に見ているんだ。この子はきっと、心から絵が好きなのだろう。

僕も絵は好きだ。けれど、それはこの子が抱いている「好き」とは形が違う。

僕の言う好きは、目を輝かせるような劇的なものではなく、好みの食べ物を訊かれた際に淡々と「〇〇が好きです」と答えるような、どこか冷静で客観的な感情。

この子を見ていると、また胸の中に虚無感が湧き上がってきた。もうすっかり味わい飽きた感覚だ。

自分自身に問いかける。

僕は何が好きだ？

心の底から楽しんで打ち込めるものがひとつでもあるか？

答えは自分が一番よくわかっている。

愛敗病と告げられたあの日、僕は自らそれらを放り捨てたのだから。

全ては一日でも、一秒でも長く生きるため。

じゃあ僕は一体――なんのために生きているんだ？

……だめだ。考えてはいけない。考える必要もない。

「……あの、どうかしましたか？」

思考に飲まれていた僕を現実に引き戻したのは、不思議そうにこちらを覗く少女の声だった。

「あぁ、いえ……すみません。なんでもないですよ」

「そうですか？　ならよかったです。それにしても本当に凄いです。凄いしか言えないくらい凄いです……！　おかげで私もやる気が出てきました！」

「やる気？」

「はいっ。実は私も絵を描いているんです。正確には漫画ですけどね。今度出版社に持ち込みする約束もしてるんです！」

あぁ、と腑《ふ》に落ちた。この子が絵に向けている並々ならぬ情熱の根源はそこか、と。

「好きなんですね、漫画が」

「はい！　大好きです！」

一切の迷いもなく頷き、彼女は華やかに微笑《ほほえ》んだ。

あまりにも純粋で、あまりにも真っすぐな笑顔。

その笑顔を見た瞬間、心臓が大きく脈打った。

……この子は無感情に生きる僕と違う。色々なものに心を動かす豊かな感性を持ち、そして僕が捨ててしまった「何か」さえも持っている。そんな気がしてならない。

あろうことか、僕はすっかり彼女に見惚《みと》れてしまっていた。

人間は自分にはないものを持っている人に惹かれるという。

だとすれば、僕が彼女に惹かれるのは当然の帰結なのかもしれない。

「あのっ」

呆然と見惚れている僕に、突然、意を決したように彼女がある提案をしてきた。

「もしよかったらなんですけど……連絡先を交換してくれませんか？」

勇気を振り絞ってのことなのだろう、表情からやや緊張の色が見てとれる。

僕は想像する。もしこの子と連絡先を交換したらどうなるのかを。

互いに絵を描いているから話題の大半は創作に関するものだろうか。そこから派生して好きなアニメや漫画の話もするかもしれない。もちろん、何気ない雑談を楽しむこともあるだろう。

いずれにせよ、自分の世界にこもっているだけでは決して触れられない、新鮮で刺激的な「何か」が得られるのは間違いない。それはとても魅力的だ。

だが、だからこそ、僕は彼女の提案に乗るわけにはいかなかった。

この子と話をしていると、四年前、僕が学校を辞めるきっかけとなったあの出来事を思い出す。

高校に入学してすぐの頃。当時、僕には気になっている女の子がいた。

同じクラスで、偶然席が隣になったのがきっかけで話すようになった、笑うと右頬にえくぼができるのが印象的な女の子。

それが恋だったのかは自分にもわからなかったが、少なからず彼女を特別視していたのは間違いない。明るい笑顔と、それを僕のような内向的な人間にも惜し気なく向けてくれる性格の良さ。たまに目が合うと決まってこちらに手を振ってくれる。そんなところも魅力的だった。

けれど、彼女を意識するにつれ僕の体調は悪化していった。

そして入学から二週間が経った日の朝、彼女の目の前で、僕は倒れてしまった。

本当に突然のことだった。急にどこが上でどこが下かもわからない無重力のような感覚に陥り、かと思えば今度は視界が真っ暗になった。ほどなくして息もできなくなり、途轍《とてつ》もない恐怖に見舞われる。

苦しさのあまり藻掻《もが》いても意味はなく、何も見えない僕の世界には信じられないほど速い自分の心拍音だけが響いていた。

息ができない。苦しい。死んでしまう。

そんな状態が長く続いた。実際にはほんの数秒だったのかもしれないが、一時間のようにも、十時間のようにも感じられた。

絶望的な暗闇の中で意識を失い、やがて目を覚ました僕が医者から告げられたのが愛敗病という病気だった。

それから、僕が少しでも長く生きるための条件として、医者は二つ忠告した。

ひとつは「いつも通り」を心掛け、環境の変化を避けるというもの。

そしてもうひとつが、絶対に恋をしないことだった。

愛敗病という病名の由来、それは読んで字の如く「愛に敗れる病」だ。

誰かを好きになればその人を見ているだけで幸福感に包まれるだろう。話をするだけでも、あるいは話ができなくても感情は強く揺れ動く。恋ほど人間を一喜一憂させるものはない。

そういった、恋愛に伴う感情の起伏は愛敗病患者の体を蝕んでいく。

現に、気になる異性ができただけで僕は病院に担ぎ込まれている。あれが明確な恋に発展していたらどうなっていたかは想像に難くない。

僕は実に素直に医者からの忠告を聞き入れた。脳裏に浮かぶのはあの絶望的な暗闇。またあの感覚を味わうくらいなら、僕はあらゆる感情を捨てて機械にでもなってやろうと、そう思った。

それからだ。僕は「いつも通り」を徹底した。夢中になれそうな娯楽が視界に入っても意識的に排除し、ひたすら自分の世界に閉じこもるようになった。

今、目の前の少女が向けてくれている友好的な姿勢は、高校時代のあの子を彷彿とさせる。この子は危険だ。

この子には僕の心を惹きつける何かがある。僕が捨ててしまった何かが。

「すみません、連絡先は流石《さすが》にちょっと……。まだ初対面みたいなものですし」

「そっそうですよね！　私ってば急に逆ナンみたいなことして、いやあ、恥ずかしいですよねっ。あはは」

自虐気味に笑う彼女を見ていると、仄《ほの》かな罪悪感に駆られてしまう。

対人関係を避け、人とまともなコミュニケーションをとってこなかった僕でもはっきりとわかるくらい、彼女の笑顔の裏には悲しさが透けて見えていた。

愛敗病でさえなければ、こんな顔をさせずに済んだというのに。

すみませんともう一度謝り、気まずくなって逃げるように図書館を後にした。

あれから二日間、ちょうど土曜日と日曜日だ。僕は図書館へはいかなかった。

元より学生の多い週末は避けるようにしていたのだが、彼女の存在がよりその意志を強固なものにした。

ベッドの上でぼんやりと無意味な時間を過ごす。たまに起き上がって活動しようとするも、体が重くて思うように手足が動かなかった。愛敗病の症状だ。

とはいえ、たった二回見知らぬ人と会うだけでこうなるとは思いもしなかった。

この病《やまい》には波がある。調子が良い時は何をしても何を感じても全く体調に変化はなく、普通の人と同じように過ごせるが、不調な時期は些細な出来事でも体調を崩してしまう。今は後者だろう。

手足が重いということは筋肉か神経に負担がかかったとみて間違いない。これが肺や臓器でなかったのは幸運だ。息苦しさや胃腸のもたれは病状の中でも比較的不快な部類に入る。

愛敗病において最も厄介なのは、影響が出る部位に規則性がないところだ。毎回決まって頭痛が起きてくれるなら痛み止めを用意すればいいし、毎度下痢になるならやはりそれも薬で対処できる。しかしいざ体調を崩してみるまでどこにどういった症状が出るかは予想できない。症状の重さも調子の波に左右され、その波さえ不規則に訪れる。一ヶ月連続で調子が良い時期もあれば、その逆も然り。全く不便な体だ。

この土日はしっかり休養をとるとしよう。

眠っているのか起きているのかもわからない微睡《まどろみ》をしばらく満喫《まんきつ》し、そういえばと積んでいた未読漫画に手をつける。けれど漫画という響きが否応なしに彼女の姿を想起させ、すぐに本を閉じた。

何故僕は何度も彼女のことを考えるのだろうか。

自問に応じるように、脳裏にちらつく彼女が朗らかな笑みを見せた。その笑みの向かう先は、やはりイラストだった。

彼女は絵を、漫画を心の底から愛している。

他の仕事よりも気楽だからという間の抜けた理由で絵を描いている僕とは違う。

僕は何がしたい？

なんのために生きている？

ただ死にたくないから。それは果たして生きる意味と呼べるのか？

……だめだ。

ちっとも重くない瞼《まぶた》を無理矢理寝かし、僕は逃げた。また逃げ出した。

月曜日の昼過ぎ、僕は図書館に向かった。

いつもの席に座ると、僕はこれまたいつものように作業に取り掛かった。

今のところ彼女と鉢合わせる気配はないし、きっともう会うこともないだろう。

僕は彼女からの申し出を断った。友達になろうと言ってきた相手に「嫌だ」と返したようなものだ。そこで僕たちの間に心理的な壁がそびえ立ったのは間違いない。

これでもなお僕の前に現れたなら、その胆力を称《たた》えて拍手のひとつでも送ってあげるとしよう。

そう決めた直後のことだった。

「あ、どうも！」

気のせいだろうか。なんだか聞き覚えのある声が聞こえたような気がする。それも、かなり近い位置で。

聞こえないフリをしていると隣の席に荷物が置かれ、今度こそ明確に「こんにちは」と僕に声がかけられた。

見れば、制服姿の少女が子犬のような人懐こい笑顔を僕に向けていた。

……本気か、この子。

「あの、学校は？」

「え？　サボりましたよ？」

さも当然のように彼女は言いのけた。

つくづく思う。この子は見た目と言動が一致していない。

なるほど凄い胆力だ。僕は思わず音が鳴らない程度の軽い拍手を送った。

「え、なんの拍手ですか……？」

「なんの拍手でしょうね……」

自分でもよくわからないまま拍手をする僕に、何故か彼女も拍手を送り返してきた。

「それ、なんの拍手ですか？」

「わかりません。とりあえず私もと思って」

「なるほど」

僕たちはそのまま、互いに意味のわからない拍手を十数秒ほど無言で送り合った。

たまたま通りかかった司書のお兄さんの目は果てしなく冷ややかだった。

「……それで、今日も僕の絵を見に？」

横目で彼女を見つつ訊ねると、彼女は隣の席に腰を落ち着け、こくんと頷いた。

「はい。あっ、もちろんだめなら全然大丈夫なので、どうかお気遣いなくっ」

それきり彼女が僕に声をかけてくることはなく、彼女は彼女で作業を始めた。

大胆なのか謙虚《けんきょ》なのか、いまいち掴みどころのない子だ。

とはいえ、だらだらと話しかけられ続けるよりかはずっといい。そのあたりの節度を弁《わきま》えてくれているのはとても好感が持てる。

しばらくして僕が絵を描き終えると、彼女は「……見てもいいですか？」とおそるおそる確認してきた。

「どうぞ」

内心渋々ながらもラフを手渡すと彼女の表情はすぐに一転した。

「いくらなんでも上手すぎます……！　神様ですか？」

「人間ですね」

「いえ、神様です」

どうやら僕は神様だったらしい。

ひとしきり絵を眺めて満足した彼女は「ありがとうございました！」と深々と頭を下げ、それから用事でも思い出したように早々と去っていった。

翌日も、その翌日も、僕が図書館にいくと彼女は決まって僕の隣に座った。

すっかり懐《なつ》かれてしまったらしい。まるで飼い主にひっつく子犬のようだ。

「あ、こんにちは！」

「どうも」

挨拶《あいさつ》をしたきり、僕たちは会話することなくそれぞれの作業に没頭《ぼっとう》する。

彼女は作業中に声をかけるような真似《まね》はせず、たまにいき詰まった僕が唸《うな》っているると集中できるよう気を利かせて席を外してくれるような気配りも兼ね備えていた。

会話こそほとんどなかったが、端的に言って、彼女はいい子だった。

もっとも、それはそれとして、懐かれすぎるのも困った話ではある。いくら邪魔をしてこないといっても、今まで独りだった僕の隣に特定の誰かがいるという状況は落ち着かない。幸いここ数日は調子の波が落ち着いているおかげで影響はないけれど、いつ波が揺れ動くかは僕にもわからない。

図書館で絵を描くのをやめるというのも考えたが、それでは今まで守ってきた「いつも通り」が崩れてしまう。そうなっては本末転倒だ。

体を慮《おもんぱか》るのならどうにかして子犬のようなこの子を引き離す必要がある。

ある日、それとなく彼女に訊ねることにした。

「……あの、絵を見たいなら僕じゃなくてもいいのでは？　今の時代、絵が上手い人なんてSNSを見れば沢山いますし、なんならどこの学校にもひとりくらいは上手な子がいそうなものだけど」

もう来ないでくれなんて言ってのける勇気が僕にあるはずもなく、ならば、と会話の中でそれとなく彼女を遠ざける作戦を思いついた。これはその第一手。

「んー、そうですねー……」

ぼうっと天井を眺めた彼女はしばし考える素振りを見せた。

「確かに学校にも絵を描いている子は沢山いますよ。中にはプロ並みに上手い子もいますし、もちろんＳＮＳに上手な人が多いのも知ってます」

「じゃあどうして？」

「なんというか、私が好きなのは絵単体ではなく、あくまで漫画のはずだったんですよ。なんといったってストーリーあっての漫画ですからね。絵が上手いだけじゃだめで、むしろどちらかと言えばストーリーの方を重視していたくらいです。絵が苦手でも話の面白さが評価されて漫画家になった人も大勢いますからね」

だから驚いたんです、と彼女は続ける。

「今までどれだけ絵が上手い人を見ても衝撃を受けたりしなかったのに、お兄さんの絵を見た瞬間、凄く引き込まれたんです！　しかもまだラフの段階なのに……！　完成したら一体どんな凄い絵になるんだろう？って考えるとわくわくして、居てもたってもいられなくなって……」

「だからこうして会いに来た、と？」

彼女はこくりと頷いた。それからややあって、「……やっぱり、迷惑でしたか？」と不安気に瞳を揺らした。

迷惑、僕はまさにその言葉を待っていた。返答は決まっている。迷惑ではないけど、隣にいられるといつもみたいに集中できない時がある。そう返すだけ。

実際、隣に座る彼女が気になって集中を乱されているというのは嘘ではないし、彼女だって時折僕が唸っていたのを知っているはずだ。

あとは口に出すだけ。それだけで、彼女はもうここに来なくなるだろう。

けれど、なんなのだろう、この感覚は。

彼女と話していると自分でも理解できない感情に襲われる。

ただ、わからないなりに、ひとつ断言できることがある。

それは、この感情が行き着く先は四年前と同じ――もしくはそれ以上の悲劇を僕にもたらすということ。それだけははっきりとわかる。

わかっているはずなのに、僕は当初言うつもりだった台詞《せりふ》とは違う言葉を口にしようとしていた。

「――よかったら、漫画家になろうと思ったきっかけを教えてくれませんか？」

気付けば、そう訊ねてしまっていた。

「話すのはいいですけど、ちょっと重いかもですよ？」

「大丈夫です。あなたが嫌じゃないのならぜひ聞かせてください」

どうしたことか、僕はすっかり彼女の話を聞く態勢を取っていた。

そういうことなら、と彼女は居住まいを正し、真剣な眼差しで話を始めた。

「私、小学校低学年の時に入院してた時期があったんです」

そう言って、彼女は思い出すように天井を見上げる。

「夜の病院は真っ暗で怖くて、何よりとっても寂しかったです。最初の頃はお母さんが病室に寝泊りしてくれたり、友達が遊びにきてくれたりしてそういうのも気にならなかったんですけど、入院期間が長引くにつれてみんな私のところには来てくれなくなりました。仕方ないですよね、お母さんだって家のことをやらなくちゃいけないですし、私の入院費を払うためにパートも始めてましたから。友達だってずっと暇なわけじゃないんですし」

でも、わかっていても寂しかったんですと彼女は眉を下げて苦笑した。その表情と声色は、初めて彼女を見た時に感じた儚さ通りの弱々しさを湛《たた》えていた。

「そんな時にお母さんが漫画を買ってきてくれたんです。当時うちはお父さんがそういうのに厳しくて、漫画もアニメも禁止だったので初めて見る漫画に私はすっかり夢中になりました」

面白い漫画を読んで笑い、感動的な物語で涙を流し、時には悪役を見て憤《いきどお》る。

「気付いたら寂しさなんてどこかに吹っ飛んでいました」と彼女は頬《ほお》を緩めた。

「私が漫画家を目指そうと思ったのはそれからです。私が漫画に救われたように、私も自分の漫画で誰かを救いたい。あれから十年、私はその一心で毎日漫画を描き続けてます」

話を聞き終わった僕は、何を言うでもなく、ただ深く息を吸った。

……道理で、羨《うらや》ましいわけだ。

やはり僕に欠けているもの、僕が捨てたものを彼女はずっと大事に抱きしめている。

そうか、ようやくわかった。

彼女と話すたびに感じるこの感覚は、憧憬《しょうけい》だったんだ。僕にはない何かを持っている彼女に、僕はどうしようもなく憧れてしまっている。

そして、感じていたのはそれだけではない。僕は今、決して認めてはならない感情を彼女に抱きつつあった。

そこから意識を逸《そ》らすべく「素敵な話ですね」と言うと、彼女は「えへへ」と照れ臭そうにはにかんだ。その瑞々しい表情がますます僕の感情を掻き立てる。

「でも救いたいなんて大層なことを言った割に現実は全然上手くいかなくって」

「というと？」

「私、絵が下手なんです……。それが理由で友達からもやめた方がいいって言われて。でも、どうしても諦めたくないんです。だから偶然ここでお兄さんの絵を見つけた時に、その、なんというか……口下手ですみません」

「参考になるかもしれないから、つい見てしまった……ということですね」

「そうです……！　会ったばかりなのに絵を見せてくださいなんて言うのは図々しい

と自分でもわかっているんですけど、どうしても止まれなくって」

「なるほど……」

どこまでも真っすぐな子だ。

この子の話を聞いて、正直なところ僕は本当に素敵だと思った。彼女には何がなんでも夢を叶えてもらいたい。僕の絵でよければこれからも見せてあげたいくらいだ。

だけど、やはり今日で手を引いてもらわなければいけない。

この子と関わるのはあまりにも危険だ。僕にはないものを持っているこの子は、疑いようもなく心を乱す存在だ。

僕は感情を揺さぶられてはならない。いつも通りを徹底しなければならない。

それが少しでも長く生きるために残された唯一の手段。僕自身も、きっと家族だってそれを望んでいる。

もはや回りくどい手を使っている余裕などない。はっきりと、拒絶しなければ。

別れを告げるべく、一点の曇りもない彼女の瞳を見据える。

その瞬間、どうしてか僕は想像してしまった。

もしも、彼女と同じように心から絵に打ち込むことができたら。

もしも、彼女と一緒に笑い合うことができたら。

僕は口を開く。そして――

「――よかったら僕が絵を教えましょうか？」

あろうことか、そんなことを口走っていた。

「いいんですか!?」

……待て、僕は何を言っている？

絵を教える？　僕が？　自分で言ったのか？

「人に教えたことがないので上手くできるかはわかりませんが……」

「嬉しいです……！　ぜひお願いします！」

何を馬鹿なことを言っているんだ僕は。

だめだ。わかっているはずだ、これ以上はいけないと。

今からでも遅くない。取り下げなければ。

「やっぱり――」

前言撤回すべく咄嗟《とっさ》に声を出した僕の目に入ったのは、仄かに目を潤ませながら微笑む彼女の姿だった。

ふいに、彼女が「私、絵が下手なんです」と言っていたのを思い出す。思うように上達しない自分に一体どのような感情を抱いていたか。想像するのは難しくない。

よく見れば、きゅっと握りしめられた彼女の拳は微かに震えており、全身で喜びを噛みしめているようだった。

それを見て、喉元まで上がってきていた言葉を飲み込んだ。

「……そんなに、嬉しいんですか？」

代わりに発した何気ない問いに、彼女はまるで花のようにしとやかに、けれど力強く「はいっ」と笑みを咲かせてみせた。

儚く散りそうな見た目からは想像もつかない芯の通った綺麗な瞳。

いつか魅入ってしまったその笑顔に、僕はまたも魅了されてしまった。

同時に、憧れとは別に生じていたこの感覚を、この胸の温かさを僕は受け入れることにした。受け入れるしかなかった。

この気持ちは、もう誤魔化せない。

「これからよろしくお願いします」

「こちらこそ！」

——その日、僕は名前も知らない少女に恋をした。

翌日から、彼女の学校が終わり次第僕らは図書館の一角に集まるようになった。

「そういえばまだ自己紹介をしていませんでしたね！　私は夕凪《ゆうなぎ》可憐《かれん》っていいます。高校三年生ですが、プロデビューするつもりなので受験なんて知ったことじゃありません！　よろしくお願いします、師匠！」

名は体を表すとでも言おうか、彼女は見た目通りの名前をしていた。

「僕は西宮《にしみや》司。イラストレーターをやってます。あと、師匠というのはちょっとむず痒いからやめてほしいのと、できれば勉強もちゃんとしてほしいですね」

「それは嫌ですね」

彼女は実に強情だった。きっぱりと言い切った後、不服そうに「それと！」と指を立てる。

「私には敬語使わないでください。そういう約束じゃないですか！」

「あぁ、そういえばそうでし……そうだったね」

彼女に絵を教えるにあたって、僕たちの間にはいくつかの約束が交わされた。

ひとつは期間。彼女が出版社に漫画を持ち込むのは二ヶ月後の約束らしく、僕が絵の面倒を見るのはその間のみ。

絵を教えると宣《のたま》ったものの、年単位の長期間ともなれば僕の体がもたないのは火を見るより明らかだ。二ヶ月という設定にはそれを避ける意図がある。

二つ目の約束は会う頻度を不定期にするというもの。表向きは仕事の都合でいつ会えるかわからないということにしているが、実際には彼女と関わる中で生じるだろう体調不良をリカバリーする日を設けるのが狙いだ。その場合はスマホを使って絵に関するやりとりを交わすことになる。

愛敗病であるなどと言って変に気を遣われるのを避けるために「仕事が忙しいから」とだけ説明したが、彼女は特に訝《いぶか》しがることなくそれらの条件を受け入れてくれた。

そして最後、彼女の方から出された提案が敬語禁止令だった。

なんでも、その昔、入院中に読んだ漫画に登場した師弟関係のキャラに憧れているそうで、彼女は上下関係をご所望らしい。

「それじゃあ可憐ちゃん、試しに一枚描いてみてくれないかな」

「ちゃん付けもいらないです！　呼び捨て希望！」

「……可憐、絵を描いて」

「人工知能に話しかけてるみたいな口振りですけど、まぁよしとしましょう」

冗談めかして言って、可憐は早速ペンを握った。

「……できました」

三十分ほどして、可憐はおそるおそるといった様子で絵を渡してきた。

隅々まで目を通し、ひとつずつ問題点を探していく。

まず、手足の長さや頭身といった基本的な人体のバランスは上手く取れている。

一方で関節や筋肉の形状といった細かい部分には改善の余地があった。それが原因でどうにも垢ぬけない印象を受ける。レベルとしては未経験者以上、セミプロ未満といったところだ。厳しい評価にはならが、プロになるにはまだまだ遠いと言わざるを得ない。

「……やっぱり才能ないですか？　十年描いててもまだこれなんです」

「いや、そんなことはないよ」

可憐の絵を見た瞬間、すぐに彼女の課題が物体の観察不足――もっと言えば基礎を固められていない点にあると気付いた。きっと漫画を描くのに夢中になるあまり、インプットとアウトプットのバランスが偏っていたのだろう。

そこさえ矯正できれば何も問題はない。

「大丈夫。可憐の上達が頭打ちになっているのは、単に今まで正しい練習の仕方を知らなかっただけだ。今日からは僕が君に正しい練習方法を教える」

「……じゃあ、上手くなれますか？」

「もちろん」

不安気だった可憐と目を合わせ、僕は断言した。

「よかったぁ……！」

安堵したのか、可憐は胸に手を当てて息を吐いた。

「どう？　やる気出てきた？」

「はい！　やる気満々です！」

迷うことなくはにかむ可憐だったが、通りかかった司書から「他の利用者の方もいらっしゃるのでもう少しお静かにお願いします」と軽い説教を受け、すぐさま萎《しお》れた花のように「あっごめんなさい……」と頭を下げた。

それから司書の姿が見えなくなると、僕らは目を見合わせてくすくすと笑い合った。

気が付けば、いつからかずっとあった胸の虚無感は消えていた。代わりにあるのは穏やかな胸の温かさ。いつもと変わらない機械的な日々を送っているだけでは決して味わえなかった感覚だ。

こういう生活も、悪くない。

翌日も僕らは図書館に集まった。

集合は放課後の予定だったのだが、「どうしても待ちきれません」とメールが届き、朝一番に呼び出しを食らった。

「また学校サボったの？」

「はい。午前で抜け出してきました」

「やる気があるのはいいけど、留年でもしたらどうするの？」

「もう一年じぇーけーを楽しみます」

「なるほど、ポジティブで大変結構」

「へへへ」

学校に関しては自己責任ということにしておこう。自分の成績は自分が一番把握しているだろうし、人が少ない時間に集まれるというのなら僕としても気が楽だ。

「それで、師匠！　今日は何を教えてくれるんですか？」

「そうだなぁ、可憐は沢山絵を描いてきただけあって線は綺麗に引けてるし、色んなポーズや構図も意識できてる。あとは基礎を固めていけばより説得力のある絵になるんじゃないかな」

「じゃあデッサンみたいな基礎練習ですか？」

「基本的にはそうなるね」

方針が定まると可憐はすぐに練習に取り掛かった。数日ほど基礎的な知識を教えると、それだけで可憐の絵は見違えて安定感が増した。

見立て通り、彼女が伸び悩んでいたのは単に絵に関する知識がなかっただけのようだ。そんなものを調べる時間があるのならとにかく筆を握る。それが彼女のスタンスだったのだろう。よく見れば可憐の手にはいくつものマメがあった。

今まで空回りしていただけで、可憐には絵を描くうえで最も大事な熱意と継続力、そして吸収力がある。

「可憐、今日はこの前教えた人体パースについてもう少し詳しく教えるよ」

「はい！」

「可憐、今日は線の強弱について掘り下げていこうと思う」

「はい！」

「可憐、今日は――」

「はい！」

「まだ何も言ってないよ」

「すみません！」

謝りながらもわざとらしく笑う可憐に釣られ、気付けば僕の表情まで緩んでいた。

可憐の技術もさることながら、僕らの仲は急速に進展していった。初めのうちは夕方になればすぐに解散していたのに、師弟関係になって三週間が経過したここ最近では帰る前には決まって雑談をするようになった。僕の体調が良い日には一緒に夕食を食べて帰ることもある。

もちろん、積み重ねてきた諸々のルーティンを手放すのには抵抗があったが、師弟関係を引き受けた時点で僕のいつも通りは終わっているからと、恐れながらも生活の変化を許容することにした。単純に可憐に振り回されているという見方もあるけれど、僕としてもまんざらではなかった。

そうした日々は僕に多くのものをもたらしてくれた。

僕は知らなかった。同じ食べ物でも、一緒に食べる人がいるだけで見違えて美味しく感じることを。見慣れた街並みも誰かと歩けば美しい景色に見えることを。

そこに可憐がいる。たったそれだけで全ての出来事が色鮮やかに僕の感性をくすぐってくるようになった。

その日も、絵を描き上げた可憐が人懐こい様子で僕に話を振ってきた。

「司さんって趣味とかあるんですか？」

師弟関係に飽きたのか、あるいは満足したのか。いつの間にか可憐は僕を本名にさん付けで呼ぶようになっていた。

「趣味かぁ。特にないかな。強いて言えば絵くらい。可憐は？」

「私も同じです」

「似たもの同士かもしれないね、僕ら」

「へへへ。そうですね！」

そんな風に、なんでもない会話でも可憐は嬉しそうに話してくれる。

僕はそんな可憐の笑顔を見るのが好きだった。思えば、初めて可憐に惹かれた時も笑顔がきっかけだった。可憐は全く出し惜しみせず笑みを向けてくれるものだから、ただ話をしているだけでこちらまで嬉しくなってくる。

「今日はもう帰ろうか」

「ん、わかりました」

話が落ち着いたところで帰り支度を整える。この瞬間は名残惜しい気持ちになるけれど、僕が言い出すまで可憐は頑なに帰ろうとしない。それどころか、「今日はいっぱい話せて嬉しいです！」と嬉しそうにする始末。

だから帰りを促《うなが》すのはいつも僕の方からだ。

この子、ひょっとしたら僕のことが好きなんじゃないか？

なんて自意識過剰な思考がよぎったりもするけれど、真偽《しんぎ》の程は不明だ。

「それじゃあ可憐、気を付けて帰ってね」

「はーい。司さんも気を付けてくださいね！」

去っていく可憐の背中を見送り、僕はどこか感慨深い気持ちになる。

こんな風に誰かと穏やかに過ごしたのは初めてかもしれない。散々頭の中で思い描いていながらそれらを捨ててきた僕にとって、この日常はあまりにも眩しくて、あまりにも尊いものだった。

その後も僕と可憐の関係は極めて良好だった。良好すぎるくらいだった。というのも、一度は自意識過剰として処理していた「可憐も僕のことが好きなのではないか」という説がここに来て信憑性《しんぴょうせい》を帯びてきていた。

ふいに恋人の有無や好きな髪型を訊ねてきて、僕が「ポニーテールが好き」と答えると翌日には同じ髪型をしてきて「どうですか？」なんてあざとく回ってみせたり。流石にそこまでされれば自意識過剰とも言い切れないはずだ。

といっても僕自身は好かれるようなことをした覚えはないので、あくまで好かれている「かもしれない」といった可能性の話ではあるけれど。少なくとも好意的に見られているのは間違いないと思って良さそうだ。

余談だが、可憐のポニーテールは愛敗病の身には刺激が強すぎるほどに可愛く、思わず拍手をするとまたも可憐は意味なく拍手を返してきた。その後は二人して笑ったのは言わずもがなだろう。

間違いなく、今の僕は充実した生活を送っている。

しかし全てが良いことばかりというわけではなかった。

案の定と言うべきか、日が経つごとに僕の体調は目に見えて悪化していった。頭痛、眩暈、吐き気、食欲不振。様々な症状がせわしなく僕の体に表れた。

絵を教え始めて一ヶ月が経とうとしている今、かつて医者が「恋だけはしない方がいい」と言った理由を僕は身をもって痛感していた。

そして問題は僕だけでなく可憐にもあった。持ち込みの日が近づいてきたからか、可憐は焦りを感じ始め、最近では以前に増して学校を休むようになった。

「そんなに休んで大丈夫なの？」と僕が訊いても曖昧に笑って誤魔化す始末だ。

時間がないんです、と可憐はしきりに口にした。確かに持ち込みまで残り一ヶ月と考えれば焦る気持ちもわかるが、この一ヶ月で着実に可憐の絵は洗練されていっている。焦る必要は全くない。

「落ち着いて描いていこうよ。仮に今回がだめでも次があるんだからさ」

「……まあ、それもそうですね。ちょっと冷静になってみます」

「うん、良い子だ」

「むむ、今子供扱いしましたね？　言っておきますけど！私と司さんって二歳しか離れてませんからね!?」

「そうだった。ごめんごめん」

「わかればいいのです」

そんなこんなで、焦る可憐と体調不良に喘《あえ》ぐ僕の関係はいつの間にか一ヶ月と半月を超え、持ち込みまで残すところ二週間を切っていた。

可憐の絵は順調に上達している。しかし僕の体調も比例して悪化しており、手放しには喜べないのが現状だ。

最近では週の半分以上は自宅で休養を取るようになった。

習慣だった図書館通いをやめるのもそれはそれで体には負担となりえるので最低限は顔を出したが、もはや不調なく動ける日はほとんどなかった。解散前に可憐と夕飯を食べる余裕すら今の僕にはなかった。

可憐も僕の体調の悪化を薄々悟っているらしく、たびたび「大丈夫ですか？　熱ありますか？」と額に手を当てられる。

僕の体は、着実に死へと向かっていた。

当然、命をすり減らす恐怖はある。だが、後悔はしていない。

それどころかたった二ヶ月間だとしても僕に人間らしい生き方をさせてくれている可憐に感謝すらしている。

「可憐、いつもありがとう」

二日ぶりに顔を合わせた可憐に、僕はついそんなことを言った。

すると、横からぼそっと呟《つぶや》く可憐の声が聞こえてきた。

「……お礼を言うのは私の方ですよ」

手元のイラストを見つめる可憐は、どこか愛おしい物を見るような、慈愛に満ちた表情をしていた。それからふと可憐と目が合い、彼女は真面目な顔で僕に言う。

「私、司さんに絵を教えてもらうまで、心のどこかでこれが自分の限界なんだ、もう上手くならないんだって思ってました。でもそれを認めたくなくて、才能がないなら努力で補おうってがむしゃらに描き続けてて……。もちろん、漫画は大好きですよ？描くのも楽しいです。でも、少しだけ苦しかったんです。だからこうして見違えた自分の絵を見ていると、なんというか……すごく嬉しいんです」

そう語る可憐の目じりにはほんのりと涙がにじんでいた。

大きな夢があり、けれど思うようにいかず、足掻いても足掻いても成長できない自分に、これが限界なのか？と疑問を投げかける日々。

少しだけ苦しかった？　違う。少しだけなんて生易しいものじゃない。

可憐はずっと苦しんでいたんだ。

「……可憐」

かつて僕は思った。可憐には何がなんでも夢を叶えてほしいと。

その決意がますます固まった瞬間だった。

「二週間後の持ち込み、絶対に成功させよう」

できる限り可憐を手助けする。それが今の僕の使命だ。

「……はいっ。私、頑張ります！」

可憐は涙を拭い、真剣な眼差しで僕を見つめた。


それからの可憐の成長は著《いちじる》しかった。家に帰った後も描き続けているのだろう、目の下にくまができている日も少なくない。時折筆を止めては苦しそうに深呼吸する時もある。ただでさえ白く不健康気味だった顔色も随分と青白くなっていた。

僕も幾度となく倒れそうになるほど体調は悪化していたけれど、下手をすると可憐はそれと同じくらい、いや、それよりも苛烈《かれつ》に自分を追い込んでいたかもしれない。

そして持ち込みまで残すところ三日となったその日、ついに可憐の原稿が完成した。

「……できた！　司さん、読んでみてください！」

「わかった」

原稿をひと目見て、僕は驚愕した。

可憐の絵は最初の頃とは別人のクオリティになっていた。流石にプロのそれにはまだ及ばないものの、漫画家としての最低ラインには到達していると言っていい。二ヶ月でここまで描けるようになるとは、正直予想外だった。

それに、ストーリーを重視していたと言っていただけあって物語の方にもセンスが垣間見える。前半部分は少し退屈な展開のようにも思えたけれど、よくよく読めば細かい伏線がいくつも散りばめられており、後半部分で次々と回収していく流れは読んでいて感動すら覚える。

「凄く面白い……！可憐、これならいけるよ……！」

「ほんとですか!?」

「うん、これなら編集者の人も興味を持ってくれるに違いない」

「やった！」

帰り際、僕らは最寄りのファミレスで少々気の早い打ち上げを行った。

「今日は僕が奢るから遠慮なく食べて」

「いいんですか？」

「もちろん。可憐最近疲れてるでしょ？　沢山食べてしっかり睡眠を取って、万全の状態で持ち込みにいくんだ」

「ありがとうございます……！」

喜ぶ可憐を横目にふと僕は思う。

可憐と過ごすのは今日が最後になるな、と。

期間満了というのもそうだが、僕の体はもう限界だった。

当然と言えば当然だ。いくら週の半分を休養にあてていたとしても、可憐への想いがある限り本当の意味で僕の体が休まることはない。

僕の体を守るのは無感情かつ習慣化された行動のみ。いくら可憐を好いていようと、いくら応援したいと思っていても、これ以上は文字通り命に関わる事態になる。

運ばれてきた料理を口に運ぶも、まるで味がしなかった。どうやら味蕾《みらい》がやられているらしい。本当に体の至るところにガタが来ているのだと苦笑しそうになる。

もう、終わりにしなければならない。

この気持ちが吹っ切れるまでは苦しみ続けるだろうが、残りの人生を考えれば短い期間だ。それに、本当に苦しいのは僕ではなく可憐だ。

ここまで心の距離が近づいている最中に別れを告げられて、はいそうですかと納得できるはずがない。だからといって関わり続けても待っているのは僕の死だ。

愛敗病を打ち明け、事情を話せば理解は得られるかもしれないが、可憐がきっかけで体調不良を起こしていたと知れば可憐は酷く落ち込み、罪悪感に駆られるだろう。自分のせいで大変な思いをさせてしまった、と。可憐はそういう子だ。

だから僕は全てを隠したまま、この関係に終止符を打たなければならない。

情けない話だ。ここまで来て、僕はこのまま死んでもいいから可憐と関わり続けたいとまでは思えないでいる。つくづく、ちっぽけでどうしようもない人間だ。

「司さん、持ち込みが終わっても師匠でいてくれますか？」

ふと、ミートソースを頬張りながら可憐が訊ねてきた。

焦らず飲み込んでから喋ればいいだろうに、絵のことになると可憐はどうにもせっかちだった。そんな彼女を愛おしいと思ってしまう自分がいる。

「もちろん。ただ、今みたいに頻繁に話すっていうのは少し難しくなると思う。もう少ししたら大きめの仕事に取り掛かるから忙しくなりそうなんだ」

僕は嘘をついた。忙しさを理由にして徐々に可憐からフェードアウトする。それがこの関係を終わらせる最も無難なやり方のように思えたから。

「そうですか……。なんだか寂しくなりますね」

「申し訳ない」

「謝らないでください。プロの絵師さんに二ヶ月も教えてもらっただけで私は充分すぎるくらい恵まれてますから。本当にありがとうございます」

……お礼を言いたいのはこちらの方だ。

この二ヶ月で僕はいくらか命を削ってしまっただろうが、それに見合うだけの、いや、お釣りが来るほど可憐と過ごした時間は満ち足りていた。

ファミレスを出た僕たちはあてもなく夕焼けに染まる街を歩き回った。もはや足に感覚はなく、自分がちゃんと歩けているか確認する手段は目と耳のみ。その目と耳も、フィルターでもかけられているように著しく機能性を欠いていた。

もう限界だ。可憐だって疲れ果てている。今すぐにでも家に帰るべきだ。

それでも、僕たちは隣合って歩き続けた。別れを惜しむ恋人のように。

会話はなかった。けれど、どうしてか僕たちは今、言葉を交わす以上に通じ合っているような気がした。

もしかしたら、可憐はとっくに気付いていたのかもしれない。僕が隠し事をしていることを。そしてこれからも師匠で居続けるというのが形式だけということも。詳しい事情まではわからないにせよ、もうこれが最後なのだと勘付いているからこそ僕と同じようにこの時間に縋っているのだろう。

申し訳ない。心の中で幾度となく頭を下げた。

せめて、最後くらいは僕の方から別れを告げよう。そろそろ帰ろうか、といつも通りに言うだけでいい。それが、僕たちの最後になる。

僕が足を止めると、ほぼ同時に可憐も立ち止まった。

考えることは同じだったのだろう。

「ねぇ司さん」

僕よりも先に口を開いた可憐に「どうしたの？」と普段通りを装う。

「私、漫画家になれるかな？」

可憐の目にどこか寂しさが宿っているように見えたのは僕の思い込みだろうか。

いや、わかっている。

考えていることは同じだ。やはり彼女は気付いていた。

「なれるさ」

いつも通りに振る舞う可憐に僕も同じように応えた。

「ん、安心しました」

可憐は控え目に微笑み、小走りで数歩先を往く。それから一度だけゆっくりとこちらへ振り向いた。

「それじゃ、いってきます！って、まだ数日先ですけどね！」

「……いってらっしゃい。応援してるよ」

背中を押すように言うと、可憐は振り返らずに走り去っていった。

全くもって自分に呆れてしまう。せめて最後くらいはなんて思っていたのに、それさえも可憐に気を遣わせて、可憐に先を越されてしまった。

だけど安心した。可憐は強い子だ。彼女ならやり遂げてくれるに違いない。

ふと、全身から力が抜けていく。

地面にへたり込んでしまい、次の瞬間には視界が暗転した。聞こえるのは自分の鼓動の音のみ。四年前と同じ暗闇だ。

　いや、違うか。あの時のような恐怖はない。苦しさはあるけれど、こんなに穏やかな気持ちで意識が遠くなっていくのなら、悪い気はしない。


　目を覚ますと真っ白な天井が目に入り、次いで点滴《てんてき》に繋がれた自分の腕を視界の端に捉えた。記憶が鮮明だったため、置かれている状況はすぐに理解できた。

「司くん、死にたいの？」

　当然ながら、医者は僕を叱りつけた。

「そんなに酷い結果なんですか？」

「今の生活が続けば一年ももたないよ。血管も臓器もボロボロ。血便出なかった？」

「もはや日課でしたね」

　能天気に語る僕に呆れたのか、医者は隠す気もなく溜息をついた。

　命を削っている自覚はあったが、まさかそこまでとは。

「今から療養《りょうよう》すれば改善しますか？」

「ある程度はするだろうね。でも、確実に五年か十年は寿命が縮んだと思った方がいい。随分無茶したねぇ」

愛敗病患者の寿命は長くても五十歳弱。そこから十年引くとして、僕の人生は残り二十年あるかどうかくらいだろうか。ほとんど人生の折り返しに来たと言っていい。

医者の言う通り、本当に無茶をしたものだ。

それでも、不思議と心は軽やかだった。

それから三日ほど病院の世話になり、これ以上は点滴や休養による回復効果よりも病院という不慣れな環境によるダメージの方が大きくなるであろうタイミングで僕は退院を許可された。

帰ってからは無理がない範囲でまたいつもの生活を続けた。

図書館でラフを描き、家では仕上げを行う。可憐と出会う前と全く同じ毎日。

しかし、以前は平穏だと思っていたはずのその日々は、どうしようもなく味気ないものだった。

自室のベッドに寝転がり、ぼんやりと天井を眺める。

今頃可憐は何をしているのだろうか。なんとなくそんな考えが浮かんだ。それを皮切りに次々と可憐に関する思考が展開されていく。つくづく、可憐に惚れ込んでいでしまっているなと笑いがこみあげてきた。

最後にすると決めたのは僕なのに、しまいには連絡のひとつくらいくれてもいいだろうなんて女々《めめ》しい考えまでよぎった。とはいえ、持ち込みの結果がどうなったかくらいは知りたいものだ。

いっそこちらから連絡してみるか？

瞬間、可憐の言葉が頭にちらついた。


『――それじゃ、いってきます！』


……やめておこう。

ここでメッセージを送れば、可憐から別れを切り出してくれた意味も、その勇気すらも台なしにしてしまう。

それに、たった二ヶ月で十年も寿命をすり減らしたという事実を僕はもっと深刻に捉えるべきだ。後悔していない、価値のある時間だった。そんな聞こえのいいことを言って正当化してはいけないはずだ。

考え方を変えよう。いや、元に戻そう。

退屈でもそれなりに長く健康に生きられる人生、それでいいじゃないか。

短く充実した人生より、長く平凡な人生。それこそが僕のあるべき姿だ。

──本当にそう思っているのか？

胸の中で嫌な感覚が蠢《うごめ》く。

だめだ、考えるな。

残りの人生を平凡に生きる。それでいいんだ。それこそが正しい生き方なんだ。

心に染みつくまで唱えるんだ。長く平凡な人生。長く平凡な人生、と。

深呼吸とともに自分に言い聞かせるよう繰り返す。

そんな時だった。

《司さん、今から会えませんか》

可憐からメッセージが届いた。おそらくは持ち込みについての話だ。

我が身を案じるなら、当然、断るべきだろう。

頭ではそう思いつつ、一方でどうにも引っかかりを覚えた。

あの日、僕よりも先に別れを切り出したのは可憐だ。その可憐がわけもなしに会おうなどと言ってくるのはおかしい。

寂しくなったなんて可愛らしい理由で意志を曲げるような子でもないだろう。それに、持ち込みの可否を伝えるだけならメールだけで事足りる。

……一度くらいなら。

この期に及んで、往生際の悪い僕はそんなことを考えてしまった。

待ち合わせ場所の指定はなかったが、迷うことはなかった。

「可憐」

図書館についた僕はいつもの席に座る可憐に声をかける。

「司さん……来てくれたんですね」

十日ぶりに見る彼女は、心なしか痩《や》せているように思えた。

持ち込みどうだった？そう訊ねようとしたが、彼女の目元がほんのりと赤らんでいることに気付き、咄嗟に言葉を飲み込んだ。

「なんだか久しぶりって感じだね」

「そうですね」

可憐の横に腰掛け、話が切り出されるのを待つ。

僕から何かを言うべきではない。そう思った。

静寂。しかし不思議と気まずさはなく、僕たちの間には時計の音とともに幾ばくかの時間だけが流れた。

「……司さん」

五分か十分か。そのくらい経ってから、可憐は僕の名を呼んだ。

「どうした？」

努めていつもの返事を心掛ける。

「ちょっと、絵を描いてみてくれませんか？」

「わかった。ラフ？　それとも仕上げまで？」

「……迷惑じゃなければ、白黒でもいいので仕上げまでお願いします」

可憐の意図は掴めなかったが、詮索《せんさく》はせず、素直に鉛筆を握った。

薄く人物のアタリを取り、大まかな形を作っていく。下書きも完了し頭の中で絵の完成形が見えてくると鉛筆からペンに持ち替え、丁寧に線を引いていく。その様子を可憐はじっと見つめていた。

「できたよ」

十五分ほどして、簡素ながら一枚の絵を仕上げた。

絵を受け取ると、可憐は「やっぱり司さんは凄いですね」と目を細めた。それから、真剣な眼差しで僕を見つめる。

「おかげで決心がつきました」

「決心？」

可憐は小さく頷く。

どうにも嫌な予感がした。そして、その予感は的中していた。

「私、もう漫画を描くのやめようと思います」

「……え？」

思わず、「どういうこと？」と訊き返す。

「やっぱり、私には才能がなかったみたいです」

目を伏せ、それからしばらくして、可憐は持ち込みにいった日のことを語り始めた。

その日、出版社で可憐を応対したのは若い男性の編集者だと可憐は言った。

男は可憐の顔を見るなり「あれ、もしかして高校生ですか？」と訊ね、可憐が首肯《しゅこう》すると「あー……。ちょっと待っててください」とあくまで丁寧な物腰ながら明らかに冷めた目でどこかへいったそうだ。それから三時間以上も、可憐は放置されたままだったと言う。

「やっと戻ってきた編集の人は、私を見て言ったんです。『あ、まだいらっしゃったんですね』って。悪びれる様子もなく。その時に気付きました。この人は私の描いた漫画なんて読む気がないんだ、痺れを切らして帰るのを待ってたんだって。そりゃあ、どちらかと言えば大人向けのレーベルでしたし、アポを取る際に年齢を言わなかった私にも非はありますけど……あんまりですよね」

それでもめげなかったと可憐は続ける。

「原稿さえ読んでもらえればきっと評価してくれるって思ったんです」

またどこかへ姿をくらまそうとする男を引き止め、あしらわれそうになってもしつこく食い下がり、そこまでしてようやく編集の男は「じゃあ読みますよ」と原稿を受け取った。

表紙のイラストを見た編集者は「おー」と呟き、慣れた手つきでページをめくる。

「なんかすいません。高校生って言うからあれだったんですけど、思ってたより全然クオリティ高いですね」

「……！　ありがとうございます！」

可憐の絵はそれなりに高評価を得た。

そう、あくまで「絵」だけは。

二ページ、三ページと読んでいくにつれ、次第に男の口数は減っていった。

後半にさしかかる頃にはぺらぺらと適当に原稿をめくり、その表情は最初可憐をあしらおうとした時とすっかり同じものとなっていた。

そして最後のページを見終わった男は、ゴミ箱に捨てるような乱雑さで原稿をテーブルに放り投げた。

「いやあ、厳しいですね。高校生にしては上手いんですけどね。高校生にしては。まあちょっと探せばもっと上手い子なんて沢山いますけど。何よりストーリーがねー」

「……どこを直したらいいと思いますか？」

「え？　全部ですよ。後半あんまり読んでないからあれですけど、読む気にもならなかったというか……」

それから男は、一応色々質問しといてやるか、くらいの興味なさ気な顔つきで「漫画は最近描き始めたんですか？」と訊ね、可憐が十年間描き続けていると知るや否や「十年!?　これで!?」と原稿を二度見して笑い始めたそうだ。

——あまりにも酷い話だった。

「……居てもたってもいられなくなって逃げ帰ってきちゃいました。馬鹿ですよね私。アポ取ったからって調子に乗って……。いけるかもなんて思っちゃってました」

自虐的に笑い、可憐は俯《うつむ》いて黙り込んだ。

腸《はらわた》が煮え返りそうだった。

確かに可憐の漫画は前半部分の引きは弱いかもしれない。後半に行く前に読むのをやめる読者がいてもおかしくはない。そこは磨《みが》く余地があるだろう。だが、緻密《ちみつ》に張り巡らされた伏線を回収していく後半の展開は間違いなく秀逸だ。そこを評価し、前半部分を改善するためのアドバイスを送るのが編集者の役目だろう。

それをろくに読みもしないなど、その男は編集者失格だ。

「可憐、それは外れの編集者だよ。僕はライトノベルの編集者と仕事をしているけど、その人は凄く良い人だよ。漫画編集の人とも繋がりのある人だ。こんな手を使うのはずるいと思って提案してこなかったけど、可憐が望むならぜひその人を紹介したい」

繊細《せんさい》な十代の心を折るには充分すぎる仕打ちを可憐は受けた。

それでも、僕は可憐に夢を諦めてほしくない。

「いえ、いいんです。もういいんです」

「よくない。それに可憐らしくないよ。漫画家になるんだって豪語していたじゃないか。可憐には才能も未来もある。だって可憐はまだ十代なんだ。この先いくらだって腕を磨いていける」

「……そうじゃないんです。もう手遅れなんです、私」

「手遅れ？」

「はい」

可憐は少しの間黙り込み、それから、決定的なことを口にした。

「ガンなんです、私」

「……え？」

思わずそんな声が漏れる。理解が追い付かなかった。

「小学生の頃に入院してたことがあるって前に言いましたよね。それ、ガンだったんです。その時は治りましたけど……今年に入って再発しちゃいました。しかも想像以上に進行が速いみたいで、見つけた時にはもう他の部位にも転移しちゃってて……。

だから、もう終わりなんです」

……そんな、そんな話があってたまるか。

「あはは、ちゃんと定期健診も受けてたんですけどね……。まさかこんなに早く悪くなるなんて思ってもいませんでした」

それから可憐はおもむろに人差し指を立てた。

「あと一年です」

それが自分に残された時間だと可憐は言う。

一年。何かを成すにはあまりにも短い時間。

そういえば、と僕は思い出す。思えば、至るところに違和感はあった。

何故あんなにも焦っていたのか。頻繁に学校を休んでいるのにどうしてかけらも成績を気にする素振りを見せなかったのか。持ち込み前の二週間、僕以上に苦しそうにしていたのも、全部そうだ。

可憐にはもう、未来がなかったんだ。

そうだ、そうじゃないか。可憐はずっと言っていた。もう時間がないと。

僕はとんだ勘違いをしていた。あれは持ち込みまでの時間などではなく、可憐自身の命の期限の話だったんだ。

「私だって、本当なら一回上手くいかなかったくらいで諦めるつもりはなかったですよ？　でも、もう無理なんです。自分でもびっくりするくらい上手く原稿が仕上がったからもしかしたらって思って……でも結果はあんなだったから、なんというか、もういいかなって思ったんです」

「……それでいいの？」

僕にはもはや、訊き返すことしかできなかった。

「はい。隠しててごめんなさい」

「……そっか」

僕たちの間に再び無言の時間が訪れた。

何も言えなかった。言えるはずがなかった。僕だって我が身可愛さのあまり愛敗病に屈し、やりたいことや欲していたものを捨てる人生を選んだのだから。死を前にして同じ決断をした可憐を咎められる道理がない。

同じだ。事情は違えど、本質的な部分で僕たちは同じだったんだ。

「なんだか肩の荷が下りた気がします。今のガン治療って結構凄くて、工夫すれば普通の人みたいに暮らせるんですよ。無理をしなければこんな風に外出もできますし、人によっては働いたりしてるらしいですからね。といっても漫画を描くのって体力使いますから、実は割としんどかったんです。でもこれからはそういう負担から解放されるって考えると、そこまで悪い気はしませんね！」

へらへらと可憐は笑顔を振りまいてみせた。

僕はやはり何も言えなかった。

可憐の判断は正しい。同じ立場なら僕もそうするだろう。

だけど、どうしても思ってしまう。

本当にこれでいいのか？　こんな最後でいいのか？

正しいはずなのに、素直に受け入れられない自分がいる。

なんだ、僕は一体何に引っかかりを覚えている？

図らずも、その答えは可憐の口から発せられた。

「司さん、本当にありがとうございました。最後の最後に少しでも絵が上手くなれただけで充分です。これからは残った人生を平凡に生きようと思います」

――残った人生を平凡に。

その瞬間、何もかもが一本の線で繋がったような明確な答えを僕は得た。

……そりゃあ、納得できないわけだ。

意識しないよう目を逸らしていたけれど、ついさっき、平凡に生きようと決めた僕の胸には、可憐と出会う前に感じ続けていたあの感覚がまた蘇《よみがえ》っていた。

もし僕と可憐が同じだとしたら、今の君はこの感覚を味わっているんじゃないか？

この胸の中にある、どうしようもない虚無感を。

「もう一度訊くよ。本当にそれでいいの？」

「……いいんです」

「僕にはそんな風には見えないな」

「いいんですってば」

可憐に語りかけると同時に、自分自身に問う。

この二ヶ月、僕は楽しかったか？

答えるまでもない。決まりきっている。

ではそれより前——代わり映えのない日々を送っていた時はどうだ？

楽しそうに笑う人々を目にしたたびに僕は何を思っていた？

平穏？　不満はない？

なあ、いい加減素直になったらどうだ。もうとっくに気が付いているんだろう？

僕は決して、平凡で退屈な人生など望んでいないことを。

——そして、それは君も同じはずだ。

「可憐」

「だから、私はもう——」

「強がらなくてもいいんだ。僕は君の味方だから」

「……っ」

「だから、本音を話してくれないか?」

可憐は俯き、きゅっと拳を握りしめた。

再び静寂が訪れる。

僕たちはしばらくの間、無言のまま向き合っていた。

ふいに一滴、雫が可憐の拳に落ちる。

ぽつぽつと落ちるそれは、次第に雨のように勢いを増していった。

「諦めたく……ないよ……」

それが、可憐の本心だった。

一度吐き出してからはもう、止まらなかった。

「悔しい……悔しいよ……。好きで病気になったわけじゃないのに、好きで苦しんでるわけじゃないのに……っ!」

嗚咽《おえつ》とともに何度も「悔しい」「諦めたくない」と可憐は心のうちを吐き出した。

「私……ずっと、ずっと頑張ってきたのに……っ」

「わかってる……。僕はずっと見てきたから」

「漫画家になりたい、諦めたくない……でも、でも……」

思わず可憐を抱き寄せた。

やっぱり、僕と可憐は同じだ。

何かを得たい、成し遂げたいと思っていても、体がそれを許してくれない。

本当は諦めたくない、手を伸ばしたい。

けれどそこには絶えず恐怖と苦悩が付き纏う。それこそ、逃げ出して残りの人生を平凡に生きた方が賢いのではないかと思ってしまうほどに。

以前の僕はその恐怖に屈していた。なんならつい先刻も屈したばかりだ。色々なものを捨てたつもりになっていて、それこそが正解であると自分を騙《だま》そうとしていた。

だけど今は違う。

たった今、可憐の涙を見て目が覚めた。

決めた。今度こそもう、二度と自分を偽《いつわ》らないと。

諦める必要もなければ捨てる必要もない。たとえ命を削ることになったとしても、そこに意味を見出せるのならどこまでも突き進むべきだ。

「可憐」

優しく可憐を抱き起し、泣き腫《は》らした瞳をじっと見据える。

言うんだ。もう以前の僕とは違う。今度こそ明確に、僕自身の口で。

「二人で一緒に、漫画を描こう」

「二人で……？」

「そう、描くんだよ、僕たち二人で力を合わせて。僕は漫画に関しては素人だけど、少なくとも絵なら力を貸してあげられる。小物や背景は僕に任せてほしい。言ってみれば僕はアシスタントだ。プロの漫画家だって背景はアシスタントに描いてもらったりしているからね。その分可憐はストーリーとキャラクターだけに専念できる」

医者は僕に言った。このままだと一年ももたないと。

上等じゃないか。

僕は残りの人生全てを使って、可憐を漫画家にしてみせる。

「可憐、実は僕も隠していることがある。聞いてほしい」

僕は愛敗病と、それがもたらした惨めな人生を可憐に打ち明けた。ただ長く生きるために全てを捨てた男がどうなったか。包み隠さず全て。

「いつも通りの生活を心掛けてからは体は楽になったよ。でも、心は満たされなかった。もし可憐が夢を諦めて残りの人生を僕と同じように生きたら、きっと僕と同じになってしまう。怖いのはわかるよ。結果が出なかったらどうしようって、焦り続けると思う。だけど、それでも僕たちは抗い続けなくちゃいけないんだ。だから――」

――だから、僕と一緒に、進み続けよう。

そっと可憐に手を差し伸べた。

「……本当にいいんですか？　私といたら、私のせいで司さんも……」

言いかけて、可憐は言葉を飲み込んだ。

そうだ。僕たちにもう言葉は必要ない。

差し出した手を更に前へと突き出す。

それを受け、可憐はふっと目を細め、そしてゆっくりと僕の手を取った。


それから僕たちの最後の足掻きが始まった。

編集者を紹介するという僕の提案は当然却下され、賞に応募し、あくまで実力で掴み取るのだと可憐は宣言した。

可憐の余命は残り一年。医者の見立てを信用するなら僕も同時期に逝くことになるだろう。それより早く限界が訪れるかもしれないし、そうはならずとも先に満足に体を動かせなくなるかもしれない。

僕は命を削り続け、可憐も徐々に体を侵されていく。

病を抱えた者同士の挑戦は一見無謀なようで、しかし今まで生きてきたどの瞬間よりも満ち足りていた。

やがて可憐の容態が悪化し、作業場は図書館から病室へ移行した。時期を同じくして僕も体調を崩し、二人して入院生活を送る羽目になったものの、かえって好都合だった。

「え、司さん隣の病室なの⁉　ラッキー！」

「そうだね。これでわざわざ図書館まで通う手間が省ける」

「ふふ、なんだか不謹慎だね私たち」

すっかり細くなった手を口元に当てて可憐は微笑んだ。

闘病生活は想像以上に過酷で、調子の悪い日は互いに一日中眠っていることもある。

それでも僕たちは笑顔を絶やさなかった。笑う体力すらない日でさえ、心は一点の曇りもなく晴れ渡っていた。

「司さん、ちょっと腕つっちゃったからこのページの残りお願いしてもいい？」

「もちろん。まあ僕も腕つってるけどね」

「じゃあやっぱり私がやろうかな」

「いやいや、僕がやるよ」

「やだー！　私がやるの！」

朝から晩まで、僕らはひたすら漫画と向き合った。深夜に病室に集まり、巡回している看護師にこっぴどく叱られるなんてことはざらだった。可憐の両親からもあまり良くない顔をされた。

一ヶ月、二ヶ月と時間は過ぎていき、僕たちは確実に死へ近づいていく。

八ヶ月が経った頃だ。ついに可憐が絵を描けなくなった。

僕は僕で左目の視力をほとんど失ったり、片方の肺が機能不全を起こしたりと散々だったが、辛うじてまだ絵は描けた。

「ごめんなさい司さん、あとは任せるね……」

「大丈夫。ここまでやってくれたなら充分すぎるよ。仕上げは僕に任せてほしい」

可憐はもう限界が近かった。起きているのか寝ているのかもわからない状態が何日も続き、たまに意識がはっきりしている時には決まって「原稿、どうかな……？」と不安そうに口にした。

そんな生活が一ヶ月ほど続いた締切間際の日、ついに応募用の原稿が完成した。

絵もストーリーも、僕らの作品は誰がどう見てもプロのそれだった。過去の受賞作を読み、傾向を知り、二人で日々対策も重ねてきた。その成果が如実《にょじつ》に表れている。

「可憐、できたよ」

「……よかった」

受賞発表は三ヶ月後。もし結果が実っていれば事前に編集者から連絡が届くはずだ。

欠片《かけら》も不安はなかった。僕たちが落ちるわけがない。そんな確信だけがある。

「楽しみだね」

「だね……！」

あとは生きて結果を待つのみ。けれど、受賞発表を前に、可憐は旅立ってしまった。

最期の日、可憐は言った。

「私……凄く幸せだった。だから、何も後悔してないよ」

今にも消えそうな掠《かす》れた声。しかしそれははっきりと僕の耳に届いた。

可憐の手を握ると、弱々しくも握り返してくれた。

「司さんの手、あったかい……」

「落ち着く？」

うん、と可憐は目を細めて笑う。

「私、司さんと会えてよかった。あの日、一緒に描こうって言ってくれて嬉しかった。本当に、本当にありがとう……」

「お礼を言うのは僕の方だ。可憐と出会わなければ、きっと僕は一生自分の気持ちを誤魔化したままだったと思う」

「……ふふ。そっか……。よかったぁ」

可憐は瞼を閉じ、それから深く息を吐いた。

「……あのね。今更で恥ずかしいけど……私、司さんが好き。大好き。本当はね、図書館で偶然司さんの絵を見たあの日から、なんて素敵な絵を描く人なんだろうって、ずっと司さんのことが気になってて……それでね、絵を教えてくれるって言ってくれた時に、運命だって、思ったの」

「……そっか」

「司さんは、私のこと……好き？」

可憐の手を握る。

言わなくてもわかっているだろう。僕たちに言葉は必要ない。

それでも、僕は言葉に表して彼女に伝えようと思う。

「僕も可憐が好きだ。大好きだよ」

「じゃあ、もし私が彼女になりたいって言ったら、どうする……？」

「もちろん。喜んで付き合うよ」

「……ふふ、嬉しい。今日は記念日だね」

「ああ、今日はおめでたい日だ」

目を瞑ったまま、可憐はもう一度深く息をした。

僕の手を握り返す力が段々と弱くなっていき、その時が来たのだと悟る。

最後の最後まで、可憐は笑顔だった。

「……おやすみ、可憐。また図書館で会おう」

一足先に向こうで待っていてほしい。

大丈夫、寂しい思いはさせない。用が済んだら僕もすぐにそっちに向かうから。

可憐を看取《みと》って数日と経たず、僕の元にも限界が訪れた。

朦朧《もうろう》と途切れ途切れになる意識の合間で、医者たちが「もって数日だろうな……」と話すのが聞こえ、またある日には僕を心配する家族の声も聞こえた。

どのくらい生死の境を彷徨《さまよ》っていたのかはわからない。長いのか短いのか、それすらもわからない。夢を見ているようだった。

ひとつわかるのは、少しでも気を抜けばこの命が尽きるということ。

まだだ。耐えろ。もう少し、もう少しなんだ。

僕は携帯を握りしめ、ひたすら耐え続けた。

そしてある日、ついにそれは訪れた。携帯が鳴り、朦朧としていた意識は急速に覚醒《かくせい》する。

「……すみません、届いたメールを読み上げてもらっていいですか……」

もう目は見えなかったが、なんとかナースコールで看護師を呼び、携帯を託す。

看護師はゆっくりと、聞き逃しのないよう丁寧にそれを読み上げてくれた。

「ありがとう……ございます」

絞り出すように礼を言い、僕は旅立つ日の可憐と同じように深く息をついた。

安堵の息だった。最後の瞬間、可憐もこんな気持ちだったのかもしれない。

悔いはない。これ以上ない最高の土産を用意できたのだから。

ああ、睡魔が襲ってきた。でももういいんだ。抗《あらが》う理由はない。僕はゆっくりと瞼をおろした。


微睡の中、気付けば僕は通い慣れた図書館の一角にいた。

「司さんっ」

背後から声がする。

振り向くと、そこには制服を着たひとりの少女が立っていた。

「早く新しい作品作りましょうよ！　次はどんな物語がいいかな？」

ふっと、思わず笑みがこぼれる。

「そうだね、また一緒に描こうか」

「はい！」

肩を寄せ合いながら、僕たちはまた、ペンを握った。

画面越しの恋

森田碧

余命一年と医師に告げられたとき、なにかのドッキリだと最初は思った。でも、親しくもない医師にドッキリを仕掛けられる覚えなんてないし、そんなバカなことをする医師がこの世に存在するとは思えなかった。だから、信じたくはないけれど、彼が口にしたことはすべて事実なのだと信じざるを得なかった。

すぐに入院して絶対安静、ということではないそうだけど、ゆくゆくは病院で残りの時間を過ごすことになるらしかった。いったい自分がなにを言われているのか理解が追いつかなくて、放心状態のままその日は病院をあとにした。

最初に胸に違和感を覚えたのは、一ヶ月くらい前。サッカー部の練習中に激しい動《どう》悸《き》に襲われ、なにか変だなと思ってその日は早退した。

その後も動悸や呼吸困難に陥《おちい》ったりを繰り返し、夏休みに病院で検査を受けたところ重篤《じゅうとく》な心臓病だと診断され、両親同伴のもと余命宣告されたのだった。

部活は無断でサボり、夏休みの予定をすべてキャンセルして家に引きこもった。なにをするでもなく、ただひたすら途方《とほう》に暮れて廃人《はいじん》のように高校一年の夏休みを空費した。

なぜ僕なのだろう。死んだほうがいいやつなんて、そこら中にいっぱいいるのに。なんにも悪いことをしていない僕がどうして……。

自分の部屋にこもっていると、そんなことばかり考えてしまう。スマホはひっきりなしに鳴っていたが、全部無視した。もう、僕のことは放っておいてほしかった。

「お兄ちゃん、茜《あかね》ちゃんが来てるよ」

二学期開始の三日前、ベッドにうつ伏せで横になっていると、妹が僕の部屋のドアを数センチ開けてそう言った。僕はそのままの体勢で返事をする。

「今、外出中って言って」

「えー、自分で言ってよ」

「外出中でいません、なんて本人が言えるわけないだろ」

はいはいはい、と怠《だる》そうに言って妹は部屋のドアを乱暴に閉じた。兄貴が重病人だというのに、妹は容赦《ようしゃ》がない。彼女も最初は僕の心配をしてくれていたけれど、いつまでウジウジしてんの、と最近は叱咤《しった》するようになった。いつまでと訊《き》かれたから、「死ぬまでだ」と答えたら泣きそうな顔をして妹はさらに怒った。泣きたいのも怒りたいのも、こっちだというのに。

閉め切ったカーテンからちらりと外を覗《のぞ》くと、僕の部屋の窓を見上げる茜と目が合った。

慌てて顔を引っ込めたが、「隼人《はやと》ー！　いるじゃん！」と窓の外から声が飛んできた。頭から布団をかぶり、茜の声を無理やり遮断《しゃだん》した。

高島茜《たかしま》とは、約半年前から交際していた。小学生の頃からの付き合いで、中学の卒業式に僕から告白し、交際が始まった。家が近所でクラスは違うものの、同じ高校に通っている。夏休みは茜と出かける用事がいくつかあったが、すべてキャンセルした。一ヶ月半の夏休みで僕が外に出た回数はおそらく数回。それもすべてが夜中だった。

日付が変わった頃に外に出て、街灯だけを頼りに夜の街をあてもなく彷徨《ほうこう》した。途中でコンビニに立ち寄ってコーラを買い、公園のベンチに座って飲む。コーラを飲み干した頃に公園を出て、帰宅する。腕と足を数ヵ所蚊《か》に刺されていて、嫌な思いをした。

それが唯一の夏休みの思い出だった。

楽しいはずの夏休みは、僕にとっては負の感情を募《つの》らせるだけの苦行みたいな日々だった。

そして迎えた二学期初日。僕は迷った挙句《あげく》、学校へ行くことにした。ずっと家にいたから頭がおかしくなりそうで、気分転換のつもりで。

「おい隼人！　お前なんで部活来なかったんだよ！　返事もよこさないし、なにしてたんだよ」

教室に入る直前、同じサッカー部に所属している宏太《こうた》が僕の肩を摑《つか》んで声を荒らげた。彼も幼馴染《おさななじみ》で、小中高と一緒のサッカー部で親友とも言える人物だ。

「ああごめん。ちょっといろいろあって、部活辞めることにしたから。僕の分まで頑張って」

「なに言ってんだよ！　部活辞めるってどういうことだよ！」

摑まれた肩が痛くて払いのける。病気のことを説明する気になれなくて、膝《ひざ》を怪我したと適当に嘘をついて自分の席に座った。宏太も僕の教室に足を踏み入れ、納得していない様子でさらに詰問《きつもん》してくる。

「怪我したくらいなら、治ったらまたボール蹴れるだろ」

「わかったよ。治ったら復帰する」

場を収めるためにまた嘘をつく。本当だな、と宏太は念を押して訊いてくる。僕が答えるより先に、もうひとりの来客が現れた。

「隼人！　どうして連絡くれなかったの？　居留守なんか使って、どういうつもりなの？」

激しい剣幕《けんまく》とともに僕の机を叩《たた》いたのは、交際相手の茜だ。一ヶ月ぶりに間近で見た彼女は長かった髪の毛をバッサリカットし、今は短くなっていた。そういえば夏休みに入ってすぐ、茜が髪を切ろうかどうか相談してきたことを思い出した。

彼女の髪の毛には触れず、僕はとっさに「旅行に行ってた」と答えた。

「怪我してたんじゃないのかよ」とさっそく矛盾を指摘される。朝からふたりに責められて嫌気がさした僕は、席を立って教室を出る。やっぱり今日は学校に来るんじゃなかったと後悔しながら。

教室を出た直後にチャイムが鳴ったけれど、僕は鞄を持ってそのまま学校を飛び出して家に帰った。

茜に別れを告げたのは、その日の夜。直接会って話す勇気がなくて、夜遅くに電話をかけた。

『別れたいって、どういうこと？』

「だから、そのままの意味だよ。ほんとにごめん」

『ちょっと待ってよ。隼人、夏休みからなんか変だよ？　部活も辞めるって聞いたし、どうしたの？』

茜の声が震えていた。喋《しゃべ》りながら、必死に涙を堪《こら》えているようだった。

「べつになんもないよ。とにかく、今はひとりになりたいから別れたい。夏休みも遊ぶ約束とかすっぽかして本当にごめん。じゃあね」

茜の返事を待たずに電話を切る。すぐにスマホが鳴ったが、電源を切って部屋を出る。

玄関でサンダルを履《は》いて外へ出て、どこへ向かうでもなくひたすら歩き続けた。生温《なまぬる》い夜風が吹き抜ける、静かな夜だった。

茜にも宏太にも、病気のことは話したくなかった。病気だから部活を辞める、病気だから別れる。そう告げて、「そっか、それなら仕方ないね」そんなふうに納得されたら辛《つら》いから、言いたくなかった。下手に同情されるのも嫌だし、気を遣われるのも嫌だ。未来のある彼らと、一年後に死ぬ僕が同じ時間を共有するなんてとても無理だ。

一時間くらい歩いたところで喉の渇きを潤《うるお》すためにコンビニでコーラを買い、自宅の近所の公園に立ち寄った。誰もいない公園のベンチに腰を下ろし、コーラを喉に流し込む。

それからポケットに入れていたスマホを取り出して、そろそろほとぼりが冷めただろうと電源を入れてみる。

着信が五件にメッセージが十二件届いていた。茜と宏太からで、どちらも内容はだいたい同じ。茜は宏太に泣きついたようで、宏太からのメッセージには《なぜ茜と別れるんだ。自分勝手すぎるだろ》と僕を糾弾《きゅうだん》する言葉が綴《つづ》られていた。

どちらにも返事をせず、ため息をついてからスマホをポケットに押し込む。たしかに勝手だとは思うけど、僕にだって事情があるんだ。本当は部活を辞めたくないし、茜と別れたくもない。でもこうするしかなかった。過度な運動は制限されているし、茜もきっと余命一年の恋人となんて一緒にいたくないだろう。仮に茜が余命一年だとしたら、僕は彼女とどう接していいかわからず、そっとするのが一番だと考えるだろう。彼女が別れたいと言えば別れるし、支えてほしいと言えば喜んで支える。

でも僕は茜に支えてほしいなんて思わない。僕のことは放っといて、忘れてほしいとさえ思う。

だから、これでいいんだ。そう自分に言い聞かせて、コーラを飲み終えた頃に帰宅した。

翌日は学校を休んだ。昨日の夜、また腕を蚊に刺されたようでかゆみと闘いながら明け方に就寝して、目を覚ましたのは昼過ぎ。スマホにはまた着信やメッセージの嵐で、でもそれらを見る気になれなくて枕に顔を埋めた。

また眠ってしまったようで、学校から帰宅した妹に叩き起こされた。

「お兄ちゃん、茜ちゃんが来てるよ」

「ああ、えっと、具合悪いから会えないって言っといて」

「だから、自分で言ってよー」

「……わかった」

ベッドに横になったままスマホを操作して、《具合悪くて会えない》と茜にメッセージを送る。

すぐに返信が来て、《嘘でしょ》と見透《みす》かされてしまう。

返事をしないでいると着信があって、仕方なく通話ボタンを押した。

「もしもし」

『隼人？　下りてきてよ。具合悪いとか嘘なんでしょ？』

「いや、ほんとだよ」

『絶対嘘じゃん』

寝すぎて少し頭が痛いのは事実だ。

「ほんとほんと。風邪うつしたら困るから、今日は帰って」

その後も十分間押し問答が続き、ようやく茜が折れてくれた。最後は泣いていた気もするけれど、気づかないふりをして電話を切った。

ようやく解放されたかと思えば、今度は宏太から着信があった。彼がなぜ電話をかけてきたのかなんとなくわかる。

今朝、母さんが学校に行き、僕の病気のことを学校側に伝えたのだ。当然サッカー部の顧問にも退部することを伝えたはずだ。きっと宏太は顧問から僕が退部することを聞いたのだろう。

病気のことは生徒たちには伏せてほしいと告げてあるはずなので、顧問がサッカー部の生徒たちにどう説明したのかは知らない。おそらく宏太は辞める理由を問い詰めるのと、僕を引き留めるつもりで電話をかけてきたのだろう。

僕はスマホを放置して、またベッドに潜り込んだ。


その日の夜。僕はスマホで自分の病気について調べた。余命宣告を受けてから何度も調べたが、新薬だとか、なにか新たな情報はないか病名を入力して検索をかけた。

いつもと同じ検索結果が画面上に表示される。

——非常に稀《まれ》な病気で……。

——有効な治療法や特効薬は現在のところ見つかっておらず……。

——発症すると一年以内に死に至るケースがほとんどで……。

何度も目にした言葉の数々が、今日もまた僕の胸を締《し》め付ける。現実から目を逸《そ》らさずに、希望を求めてさらに検索を続ける。

病名の横に、『奇跡』や『快復』、『治った』などのワードを追加して検索をかけたが、僕の沈んだ心を慰《なぐさ》めてくれるサイトは見つからなかった。

諦めて画面を閉じようとしたとき、とあるブログサイトが目に飛び込んできた。そのブログの記事を読んでみると、僕と同じ病名、そして余命一年と医師に告げられたとそこには淡々と綴られていた。文面から察するに、筆者は相当絶望していることが読み取れる。

『死にたくない』『助けて』『嫌だ』など、記事には負の言葉が飛び交っていた。

どうやら筆者は中学二年生の女の子らしい。僕よりふたつ年下の女の子がある日突然死に直面したのだ。彼女の気持ちは痛いほどよくわかる。記事を読み進めるのが辛くて、何度も休憩を挟《はさ》みながら読み終えた。

「……辛いよなぁ」

静かな部屋でひとり、思わず同情の声が零《こぼ》れる。まるで僕の気持ちを代弁しているようで、彼女の言葉はぐさぐさ胸に刺さった。

もう一度頭から読み返していると、この記事は三年前に投稿されたものだと気づいた。ということは彼女はもう、この世にはいないのだろう。その事実に気づいてしまってさらに胸を痛める。年下だと思っていたが、彼女が生きていたら僕のひとつ上だったのか。

画面を閉じようと思ったが、余命一年と宣告された彼女がどう生きたのか気になった僕は、記事一覧と書かれた文字をタップした。

ブログのタイトルは『ゆうりの闘病記録』となっていた。

ブログのトップにアクセスしたものの、彼女はどれくらい生きたのか興味本位で見ていいものか少し躊躇《ためら》った。もし半年で記事の更新が途絶《とだ》えていたら、と思うと心苦しい。でも、同じ病気に苦しんだ彼女の闘病記録を僕は見なきゃいけない気がして、画面をスクロールしてみた。

その瞬間、僕は自分の目を疑った。最新の記事の日付が、まさかの五日前だったからだ。

一旦姿勢を正し、画面を凝視する。やっぱり見間違いでもなんでもなかった。彼女は先月、七回も記事を投稿していた。いやでも、彼女の死後、家族がブログを引き継いだ可能性もある。余命一年の少女が三年も生きるなんてことがありえるだろうか。

「え……」

画面をさらにスクロールしていくと、先々月の記事のタイトルに目が釘付けになった。

『余命一年と宣告されてから、三年が経《た》ちました』

僕の頭上に、一筋の光が差し込んだ気がした。痛んだばかりの胸が、瞬時に癒《い》えていくような感覚さえあった。

僕は迷いなくその記事をタップする。

『タイトルにもある通り、今日で余命宣告をされてから丸三年が経ちました。まさか三年も生きられるなんて、あのときは想像もしていませんでした。家族や友達、それから看護師の方々や担当医の田口《たぐち》先生のおかげだと思っています。あとついでに、生きることを諦めなかった過去のわたしも、今日は少し褒《ほ》めてあげたいです。

三年も生きられたけど、わたしはもっと生きたいです！

四年、五年、六年……！

このまま生き続けたら、いつか治療法や特効薬もきっと見つかるはず！　それまで、わたしはしぶとく生きようと思います』

先ほど読んだばかりの、このブログの最初の記事を書いた人物とは思えないほど前向きな言葉がそこには並んでいた。余命一年と宣告された少女が三年も生き、そして現在も生きているなんて信じられなかった。

最初の記事に戻り、もう一度読み返してみる。何度確認しても、やっぱり僕と同じ病気で間違いなかった。これはつまり、奇跡が起こったとしか言いようがない。僕も彼女のようになれるだろうか。

逸《はや》る気持ちを抑えきれず、次の記事を読もうとしたが誤操作で広告ページに飛んでしまう。もう一回戻って画面をタップし直す。

それから僕は、『ゆうりの闘病記録』の古い記事から順番に読んでいった。

最初はこの世の終わりを彷彿《ほうふつ》させるような目も当てられない文字が羅列《られつ》されている

だけだった。それは文章とは言えず、負の感情をただひたすら吐き出すように言葉が並んでいた。

怒り、哀しみ、苦しみ、焦り、不安、恐怖、不満、嫉妬《しっと》といったネガティブな感情の集合体のような記事で、読んでいるこちらまで辛くなってくるものだった。同じ境遇《きょうぐう》にいる僕は、彼女の気持ちが手に取るようにわかってしまう。だから涙が止まらなかった。

当時の彼女と同じ立場であるから、胸がえぐられるほど苦しかった。でも目を逸らしてはいけない気がして、涙を拭《ぬぐ》って読み進めていく。

このときの彼女はこんなに苦しい思いをしているけれど、それを乗り越えて今でも生きているんだ。

そう自分を励まして次の記事へ進む。

そこから三ヶ月間は暗い内容の記事が続いた。味気のない病院食の写真や、退院して近所を散歩したときに撮った花の写真なども載せられている。しかしあるときを過ぎると、彼女の中でなにか吹っ切れたのか絵文字なども使うようになった。内容も以前のような鬱屈《うっくつ》した雰囲気は消え去り、真剣に病気と向き合う姿勢が文面からひしひしと伝わってくる。

『頑張ろう』『長生きしよう』『病気になんか負けない』、そんな前向きな言葉が綴られていた。

このときはまだ中学二年生だというのに、心の強い少女なのだと僕は思った。友達や家族と今まで通り接し、彼女は前向きに生きている。

僕も見習わなくてはと思いつつ、また次の記事へ飛ぶ。文化祭のことが詳細に書かれていた。

彼女の名前は漢字で優里《ゆうり》と書くらしい。両親や姉の美織《みおり》さん、友人に支えられて彼女は日々過ごしていく。優里さんは懸命に病気と闘いながら、入退院を繰り返して一年が過ぎた。

一年間無事に生きてこられて、奇跡のようだと優里さんはブログで語る。その後も彼女は危なげもなく生き続け、ついには高校に進学したのだった。

入学式の記事には、初めて優里さんの写真が載せられていた。校門の前で友人たちと撮った写真だ。

黒く艶《つや》やかな長い髪が風になびいている。眩《まぶ》しい制服姿の優里さんは、想像していたよりもかわいらしい女の子だった。

泣いたり笑ったりを繰り返し、最新の記事まで読み終わった頃はカーテンの隙間から光が差し込んでいた。どうやら時間を忘れて読みふけっていたらしい。二百件以上あった記事をすべて読んだが、疲れはなかった。これから僕にも起こるであろう病気の症状や入院生活など、参考になるものもあったし、彼女の日常も知れて楽しかった。

なによりも、彼女の存在に救われる思いだった。余命一年の少女が、三年経った今も生きているという事実が僕を励ましてくれた。彼女のひたむきに生きる姿勢や、彼女の人柄にも好感が持てる。現在はしばらく入院生活が続いているようだが、それでも彼女は明るかった。

スマホの画面を閉じて、ベッドに仰向けに倒れ込む。

「優里かぁ」

ぽつりと呟《つぶや》いてから、そっと目を閉じた。

僕も彼女のように、三年も生きられるだろうか。前を向いて、諦めずに生きられるだろうか。

そんなことを考えながら、朝方に眠りについた。

数日間学校を休んだあと、僕は再び登校した。あれから何度も優里さんのブログを読み、そのたびに励まされていた。

彼女は本とチョコレートが好きで、チョコは入院中だから食べられなくてそれが今一番の悩みらしい。

彼女は今高校二年生だが、今年は出席日数が足りず、留年することになったと先日の記事で嘆いていた。

そしてこの数日の間に、彼女はまたブログを更新した。内容は姉がお見舞いに持ってきてくれた小説が相当面白かったらしく、それの紹介だった。

次の更新を待ちわびながら、軽い足取りで通学路を歩いた。

「ほんとに部活辞める気なのか」

予想していた通り、教室に入ると自分のクラスからやってきた宏太が怖い顔をして訊いてくる。

「だから、昨日も電話で話したじゃん。うちの親が借金したから、バイトしなくちゃいけなくなったんだって」

我ながらいい嘘を思いついたと思う。親には悪いが、そういえば宏太も口を出せなくなると考えた。嘘も方便というし、丸く収めるにはこうするしかなかった。

「でも、最初は怪我だって言ってたじゃんか」

「そうだけどさ、親が借金まみれなんて軽々しく言えなくて……」

「そっか。隼人も大変なんだな。バイト、頑張れよ」

宏太は腑《ふ》に落ちない様子だったが、僕の肩を優しく叩いて自分のクラスへと戻っていった。中学の頃、文化祭の演劇で主役を演じた経験が初めて役に立ったらしい。僕は安堵《あんど》のため息をついて椅子《いす》の背もたれに寄りかかった。

「隼人、昨日の話、本当なの？」

安堵したのも束の間、今度は茜がやってきた。彼女は失望したような目を僕に向ける。

「本当だよ。昨日電話で話した通り、新しい彼女ができた。他校の生徒なんだけど、すごくかわいい子だから今度茜にも紹介するわ」

言い終えた直後、左の頬《ほお》に激痛が走った。なにが起こったのか数瞬遅れて理解する。

どうやら僕は、茜に平手打ちされたらしい。教室内が水を打ったように静まり返り、そこにいるすべての生徒の視線が僕に向けられている。その好奇の視線は不快だった。

「さいてーだよ、隼人」

潤《うる》んだ瞳でそう言い残し、茜は教室を出ていった。

数日間考えた末、茜には嫌われる作戦でいこうと思い至った。辛い選択ではあったけれど、こちらもこうするしかなかった。

あと一年で死ぬと伝えるのと、新しい恋人ができたと告げるのでは彼女にとってどっちが辛いだろうと僕は考えた。僕なら前者のほうが辛いと思ったから、じゃあ後者にしようという運びになったのだ。

思いのほか効果てきめんで、左の頬と一緒に胸がずきずき痛む。本当にこれでよかったのか、もっとほかにやりようはなかったのか。

いくら思案しても正解はわからなかった。

連日鳴っていたスマホが、故障したのかと疑うくらい静かになった。茜と宏太から毎日のように僕を問い詰めるようなメッセージが届いていたから、それがなくなってせいせいすると思っていたが、ちょっぴり寂しかった。なんとも言えない喪失感《そうしつかん》に襲われ、同時に罪悪感にも苛《さいな》まれた。ふたりを騙《だま》しているようで、心臓病とは関係なく心臓のあたりがぎゅっと痛い。いや、騙しているんだった。

それから僕は、クラスメイトたちから避けられるようになった。仲の良かった友人たちの誘いを断り続けていたら付き合いが悪くなったと言われ、話しかけられたときも空返事ばかりしていたから、彼らの不興《ふきょう》を買ってしまったらしい。茜に平手打ちされたところを皆に目撃されてしまったこともあり、変な噂まで流れて総スカンを食らった。まるで別人のようだと話す声も聞こえた。

どちらかというと僕はクラスでは上位グループに所属していたが、今はどこにも属さず、孤独を極めている。

夏休み明け、劇的に変化を遂げる生徒は珍しくないが、そっちの方向に変わるやつは見たことがないとまで言われてしまった。

クラスメイトたちから不当な扱いを受けても、僕はそれほど気にしていなかった。そうなることを望んでいたし、未来のある彼らと未来のない僕とでは、もはや違う人種だとも思えた。休み時間は自ら見えない壁をつくり、生徒たちとの交流を断った。

クラスでは置物と化した僕の唯一の楽しみは、優里さんのブログだった。更新を今か今かと待ちわびて、何度もブログをチェックした。

更新がないときは過去の記事を見て、ほっこりしたり落ち込んだり。

今や『ゆうりの闘病記録』は、僕の生きる糧《かて》となっていた。

『最近は涼しくなって、だんだん秋らしくなってきましたね。紅葉《こうよう》を見に行きたいなって思ってたけど、まだしばらく入院が続きそうで今年は無理そうです。なので、去年撮った紅葉の写真を載せておきます。すごく綺麗《きれい》で、数えてみたら三十枚以上撮ってました（笑）
動画もありました。お姉ちゃんが撮ってくれた動画です。
そうそう、お姉ちゃんといえば、昨日学校帰りにお見舞いに来てくれて、本を持ってきてくれました。わたしは眠っていたので気づかなくて、ベッドテーブルにブックカバー付きの本が一冊だけ置いてありました。やけに分厚くないですか？　写真載せておきますね。

おかしいと思ってカバーをめくってみると、なんとチョコレートの箱が！　間食は禁止されているので、お姉ちゃんがこっそり仕込んでくれたみたいです。すぐにお姉ちゃんに連絡を入れてお礼を言いました。

そのあとにチョコを一粒食べました。甘くておいしくて、幸せの味がしました。一日一粒ずつ食べようと思います。これで辛い入院生活が頑張れそうです。

お姉ちゃん、いつも本当にありがとう！　来年は一緒に紅葉見に行こうね！』

十月に入って最初の更新があった。鮮やかな紅葉の写真が一枚と、動画も貼られていた。それからどこかの書店のブックカバーが付けられた、妙に膨らんだ違和感満載の本。次の写真には有名なチョコレート専門店のチョコが、ブックカバーの中からちらりと見えていた。

よくバレなかったな、と微笑《ほほえ》みながら僕も入院したら妹になにか仕込んでもらおうかなと考えた。チョコはそんなに好きじゃないから、コーラをこっそり持ってきてもらおう。

次に動画を再生してみる。ほんの十秒ほどの動画だが、そこには紅葉を眺《なが》めながら歩く優里さんの後ろ姿が映っていた。

「優里！」

声の主は姉《ねえ》の、たしか美織さんだったろうか。その声に振り向くブラウンのコートに身を包んだ優里さん。以前載せていた写真よりも髪が短く、でもそれも似合っていた。

「いや、これ動画だよ」

足を止めてピースサインをつくる優里さんに、美織さんは突っ込みを入れる。

「えー、早く言ってよー。バカみたいじゃん」

照れくさそうに笑いながら怒る優里さんの声は透きとおっていて、綺麗だと思った。初めて優里さんの声を聴けたのが嬉しくて、何度も動画を再生する。姉妹だから当然だけど、姉の美織さんと声がそっくりだった。

優里さんのブログには当初、少なからず読者がいたようで、最初のほうの記事にはたくさん「いいね」が付いていた。しかし最近の記事には一件や二件、ひとつも付いていない記事も中にはあった。

僕も付けたいなと思って「いいね」を押してみたが、どうやらこのブログサイトに会員登録をしないと押せないらしかった。登録は無料なので、『隼人』という名前で登録した。これで僕もいつでもブログをつくれるが、特に書くこともないのでやめておいた。

登録が済んだのでさっそく最新の記事に「いいね」を押す。

おそらく彼女の友人だろうか、コメントを残している人がいた。画面をスクロールしてそのコメントを読む。

『なにそれ笑った。チョコ食べられてよかったじゃん！　ほんと仲良し姉妹だね』

そのコメントに優里さんはすぐに返事を送っていた。

『加奈《かな》～！　チョコ最高だった！　加奈もまた遊びに来てね！』

僕もコメントを書こうか迷ったけれど、面識もないし無視されるかもしれない。クラスメイトたちに無視されるのは平気だが、優里さんに無視されると心が折れそうで結局送れなかった。

その後僕は、せっかくだから優里さんのブログの記事すべてに「いいね」を押していった。


十月末に学校では文化祭が二日間行われたが、僕は二日間とも欠席した。本当は一日くらい参加してやろうかと思っていたけれど、体調が優《すぐ》れなくて寝込んでいた。熱が三十九度まで上がって、意識が朦朧《もうろう》として本気で死ぬかと思った。

余命一年とはいえ、一年間は絶対に生きられるという保証はどこにもない。明日死ぬかもしれないし、今日死ぬ可能性だってある。

優里さんが生きているうちは、まだ死にたくない。そんな軽い気持ちで僕は日々生きていた。

十一月に入ると熱が下がり、僕はまた登校した。もう学校へ行く必要はないのかもしれないけれど、家でじっとしているよりはマシだった。それに僕も優里さんのように三年も生きられたら、卒業だってできるかもしれない。だから体が動く限りはとりあえず登校し続けようと考えていた。

僕の体調は良好そのものだったが、優里さんの体調はここのところ芳《かんば》しくないようだった。十月上旬には退院の話もあったそうだが、病状が悪化してその話はなくなったらしい。

十月の後半になってくるとブログの更新頻度も減り、内容も以前に比べるとネガティブなものが多く、絵文字も使わず後ろ向きな文字だけが並んでいた。

先月までは週に二回以上は更新していたが、最近は一週間空くことも珍しくなかった。

余命一年だったのに、もう三年以上も彼女は生きているのだ。いつ死んでもおかしくないし、むしろ定期的にブログを更新できていること自体奇跡なのだ。

僕は画面越しから優里さんを応援することしかできなかった。最新の記事に「いいね」を押して、遠くから彼女を鼓舞した。

0だった「いいね」が、1に変わった。


『十二月になりましたね。と言っても、もう九日だけど。今日も体調はあまり良くないです。一日中横になってスマホのゲームをしてました。

今年のクリスマスは家に加奈を呼んでクリスマスパーティーができたらいいなと思ってたけど、たぶん無理かもしれません。

去年はたしか、お姉ちゃんと加奈と一緒にショッピングモールにある大きなクリスマスツリーを見に行ったんだよね。そのときの写真、前も載せたと思うので、別カットのを載せておきます。

一昨年のクリスマスも、お姉ちゃんと加奈と過ごしたんだっけ。ふたりともきっと予定あると思うのに、わたしのそばにいてくれました。今年はふたりを解放させてあげる意味でも、これでよかったのだと思います。

今年のクリスマスは、ひとりで過ごそうと思います』

十二月に入ってから初めての更新だった。僕は毎日のようにアクセスして、彼女の投稿をひたすら待っていた。今回はいつもより更新が遅かったので、正直焦った。彼女の病状がさらに悪化し、もうブログを書くことができなくなってしまったのかと。

優里さんの死を、僕は知ることができない。ブログの更新が途絶えたら、それはきっと彼女の死を意味する。そうならないことを祈りながら、僕はもう一度最新の記事を読み直す。

ビッグサイズの煌《きら》びやかなクリスマスツリーの下に、三人の女の子が並んでいた。優里さん以外の顔にはスタンプが貼られて隠してあったが、友人の加奈さんと姉の美織さんだろう。過去の記事にも加奈さんや美織さんらしき人物と一緒に写った写真が何枚かあったが、どれも顔にはスタンプが貼られていた。ブログは不特定多数の人に見られるから、配慮してのことだろう。もしくは優里さん以外のふたりは恥ずかしがりやなのかもしれない。

その記事は三十分前に投稿されたもので、「いいね」やコメントは0件。まず僕は、その記事に初めての「いいね」を付けた。というか、ここ最近の記事は僕の「いいね」しか付いていない。友人の加奈さんは先々月の投稿に久しぶりにコメントをしただけで、今はもう見ていないのかもしれない。

入院して遊べない友達よりも、同じ学校に通う友達のほうがきっと大切なのだろう。最初は熱心にコメントを残していた友人は何人かいたが、その数は徐々に減っていき、ここ一年は加奈さんだけ。その加奈さんのコメントも、今年は数えるくらいしかなかった。

　こうやって優里さんは、友人たちの記憶から消えていくのだろう。きっと僕も同じだ。それまでは友人たちと同じレールの上を歩いていたが、病気が発覚してからは彼らとは違うレールの上を僕も優里さんも歩いているのだ。僕たちはなにがあったとしても元のレールには戻れない。向かう先は死。一歩一歩、確実にそこへと進んでいるのだ。

　優里さんの友人たちのように、茜や宏太もそのうち僕を忘れてしまうのだろう。ため息をつきながら僕は初めてコメントを入力してみる。しかし言葉が見つからず、画面を閉じる。

　真っ暗な画面に映った僕の表情は、見たこともないくらい暗く沈んでいた。


　学校は冬休みに入ったが、僕は冬休みの三日前から欠席していた。高熱が続き、三日経っても熱は下がらず、しばらく入院することになってしまったのだった。

　そこは四人部屋で、僕のほかに年配の男性がふたりいて彼らのいびきで最近は寝不足気味だった。ひとり部屋がよかったがお金がかかると聞いて、仕方なく四人部屋に甘んじることにした。

クリスマスイブの夜。優里さんは今月四度目の更新をしてくれた。消灯時間は過ぎていたので布団に包《くる》まり、こっそりスマホで記事を閲覧《えつらん》する。優里さんはどんなクリスマスイブを過ごしたのか気になった。

『今日はクリスマスイブですね。わたしはひとりで過ごしました。加奈のツイッターを覗いてみたら、クラスの子たちとクリスマスパーティーをしているみたいでした。ケーキとかチキンとか、ごちそうがたくさんテーブルに並んでて、おっきなクリスマスツリーもあって。みんなでプレゼント交換をしたそうです。加奈は香水が当たったらしいです。

お姉ちゃんは今日、彼氏とデートだそうです。お母さんが言ってた。お姉ちゃんに彼氏ができたなんて知らなかった。もう付き合って三ヶ月になるらしいです。しかも、わたしと同じクラスだった男の子と。

たぶん、わたしに気を遣って黙ってたんだと思います。彼氏ができたのなら素直に喜ぶし、お祝いしたいのに、わたしが嫉妬するとお姉ちゃんは思ったのかな。姉妹なのにそんな大切なことを黙ってるなんて、ちょっと信じられない。

加奈もわたしのことなんてもう忘れてるんだろうなぁ。小学生の頃から一緒なのに、高校から仲良くなった子とクリスマスを過ごして、楽しいのかな。まあでも、せっかくのクリスマスイブなんだから、辛気《しんき》くさいわたしの病室なんか誰も来たくないよね。嫌々来られてもわたしも困るし。

お母さんとお父さんも、こいついつまで生きるんだ、とか思ってそう。治療費とか、入院費とかすごく迷惑かけてると思うし。

なんかもうどうでもいいや。おやすみ』

その記事を見て眠気が吹っ飛んだ。優里さんは卑下《ひげ》することはあっても、自分以外の人に対する不満を吐露《とろ》することは今まで一度もなかった。体調が優れず、心も相当疲弊《ひへい》しているのかもしれない。僕はその記事に、「いいね」を押せなかった。おそらく彼女は、もう誰も読んでいないと思ってこれを書いたのだろう。

高校生の女の子にとっては楽しいはずのクリスマスイブの夜に、誰もいない病室でひとりぼっち。とてつもない寂寥感《せきりょうかん》に苛まれ、思わず本音を吐露してしまったのか。

彼女は今回の入院は、ひとり部屋なのだとちょっと前の記事で言っていた。ひとりになると不安に押しつぶされる気持ちは僕にもわかる。むしろ今までよく我慢してきたなとさえ思う。

僕だったらもっと不平不満を漏らしていたことだろう。この程度で優里さんを軽蔑《けいべつ》なんてしないし、逆に人間らしくて好感が持てる。それで彼女の心が軽くなるのならいくらでも悪口でもなんでも吐き出してしまえばいい。

加奈さんや美織さんがこの記事を読んだら胸を痛めるかもしれないが、そんなことは優里さんが気にする必要はない。僕たちの立場から考えると、その程度の愚痴《ぐち》は許されるはずだ。

もう一度読み直してから、僕は結局その記事に「いいね」を押した。

翌朝六時に目を覚ました。もはや日課となった優里さんのブログのチェックから僕の朝は始まる。

スマホを手に取って優里さんのブログを開くと、昨日の記事がなくなっていた。まさか夢だったのだろうかと一瞬思ったが、そんなわけないよなと思い直す。きっと彼女が自分で削除したのだろう。いつ消したのかはわからないが、罪悪感や自己嫌悪に陥ったかなにかで削除した、といったところか。そんな感情を抱く必要はないのに、彼女が不憫《ふびん》でならなかった。

次の記事の更新があったのは、その日の夕方。そこには『死にたい』とひと言だけぽつりと書かれていた。体調が悪いのか、それとも昨日のブログで自分に嫌気がさしたのか。

なにか声をかけてあげたくてコメントを入力しては消し、を繰り返す。長文を打っては消し、短い自己紹介を打っては消し、なにを書くべきかなかなか決まらなかった。

そして僕は、夜になってから初めて優里さんのブログにコメントを書き込んだ。

『頑張ってください』

たったそれだけの言葉を贈った。本当は長文で優里さんを励ます言葉を並べて元気づけたかったが、知らないやつに励まされても困らせてしまうだけかもしれない。数時間悩んだ末に僕が選んだのは、記事の本文と同じくらい短い言葉だった。

僕の言葉がコメント欄に反映されてからは、気が気じゃなかった。一度書き込みをすると、削除できない仕様になっていたのだ。書き損じていなかったことに安堵しつつ、これを優里さんが目にしたらどう思うだろうか、と不安になった。

何度もページを更新して彼女からの返事を待つ。消灯時間はとっくに過ぎていたので、布団に包まってスマホの画面を凝視した。

もう眠っているかもしれないけれど、僕はひたすら画面を見つめて彼女からの返事を待ち続けた。

次の日も六時に目を覚ました。起床時間は毎日決まっていて、朝が弱い僕にはこの時間に起きるのは苦痛でしかなかった。

どうやら僕はスマホを握りしめたまま眠っていたようで、起きがけに指を動かしてまだ半開きの目で優里さんのブログを開く。

『隼人さん、コメントありがとうございます！　頑張ります！』

飛び込んできた文字を目で追っているだけで鳥肌が立った。目は完全に覚め、胸の鼓動が高鳴った。

まったく面識のない僕に返事をくれるなんて、SNSで推しに送ったメッセージに返事が来たときくらい嬉しかった。僕は推しなんかいないけれど、たぶんそれに近い喜びだろう。アイドルオタクさんの気持ちが少しだけわかった気がした。まあ、優里さんはただの一般人だけれど。

とにかく、なんとも形容しがたい幸福感に包まれた。優里さんと繋《つな》がったという愉《ゆ》悦《えつ》に浸りながら返事を考える。

『はい！　応援してます！』

そう入力して、違うなと思って文字を消す。これだと会話が続かず、返事をもらえないかもしれない。いやでも、コメント欄で長々とやり取りをするのは迷惑だろうか。

逡巡《しゅんじゅん》していると看護師がやってきて、朝の検温が始まる。体温はいくらか上がっていると思ったが、それほどでもなかった。

検温が終わってからもしばらく悩み、朝食の時間になった。質素《しっそ》な病院食がベッドテーブルに並べられる。

『今日の僕の朝食はクロワッサンにわかめスープ、変なサラダと味の薄いシチューでした。優里さんはなにを食べましたか？』

朝食を食べ終えたあと、コメントを入力した。でもこれも違うなと思ってまた削除した。

悩みに悩み抜いて、ようやく納得いくものが書けたのは昼食後になってからだった。

『昨日は急にコメントをしちゃってすいません。僕は今高校一年生で、実は僕も半年くらい前に優里さんと同じ病気が発症し、余命一年と医師に告げられました。その瞬間から目の前が真っ暗になり、絶望の毎日を過ごしていました。でもそんなときに偶然、優里さんのブログを見つけました。

優里さんは僕と同じ病気で、余命一年なのに三年以上も生きていて、辛いはずなのに明るくて、なんていうか、勇気をもらえました。僕も優里さんのように強くなりたいと思いました。

なにが言いたいのかというと、とにかく優里さんの存在に僕は救われました。何度も励まされたし、このブログの更新が毎日楽しみで、今日まではなんとか生きてこれました。

これからも応援しています。お互い、頑張りましょう！』

書き終えた文章に抜かりがないか何度も確認する。僕は迷った末に、まずは自己紹介をするべきだと考えた。病気のことを誰かに話したのは初めてだが、優里さんになら知られてもいいと思った。それに自分だけ素性《すじょう》を明かさないのはずるい気がしたから。

僕たちはいわば、同じ病と闘う同志なのだ。隠す必要もない。

本当にこれでいいよな、としつこいくらい自問し、ようやく書き込みボタンを押せたのは文章を打ち込んでから一時間後。反映されたコメントを改めて読み返し、本当にこれで大丈夫かな、ともう手遅れなのにまた悩んでしまう。不安と期待に揺れながら返事を待った。

「お兄ちゃん、なんかいいことでもあったの？」

優里さんのブログにコメントを打ち終えた直後、妹と母さんが見舞いに来てくれた。そんなに顔に出ていたのだろうかと口元を引き締める。

「いや、べつに。それよりコーラが飲みたいんだけど、売店でこっそり買ってきてくれない？」

「間食は禁止されてるんでしょ？　退院するまで我慢しなさい」

妹ではなく、母さんが口を挟んだ。

「間食は禁止されてるけど、間飲は禁止されてないし」

「バカなこと言わないで、我慢しなさい」

はいはい、と返事をして優里さんのブログを覗く。僕のコメントに対する返信はまだなかった。優里さんがしてもらったチョコの差し入れみたいに、誰かにコーラを仕込んでもらおうかと考えたが、家族のほかに見舞いに来てくれる人に心当たりがなかった。妹は母さんと一緒で口うるさいから、きっとだめだと口にするだろう。年明け前には退院できると聞いていたので、それまで我慢するしかなさそうだ。

夕方になると母さんと妹は帰宅し、優里さんから返信があったのもちょうどその頃だった。

『えぇー！　そうだったんですね。まさかわたしと同じ病気だなんて、びっくりしました。あんまり面白いことは書いてないんですけど、わたしのブログがお役に立てたのならすごく嬉しいです。

いろいろ大変だと思うけど、お互い頑張りましょう！　なにかあったら相談とか乗るから、なんでも言ってください！』

優里さんのさりげない優しさに胸を打たれる。にっこりと猫が笑っている絵文字もたくさん使ってくれて、こちらまで笑顔になる。これならもっと早くコメントすればよかった。

余命宣告されてから約半年。今日まで挫《くじ》けずに生きてこられたのは、紛れもなく優里さんのおかげだ。画面越しではあるけれど、この先もずっと彼女がいてくれたらなにがあっても乗り越えられる。そんな気がしていた。

一旦心を落ち着かせてから、僕は優里さんがくれたコメントに返事を打った。

『お気遣いありがとうございます。なにかあったら、絶対相談します！　これからもブログの更新楽しみにしています！』

深く考えず、素直に思ったことを書いた。すぐに優里さんから返事が届き、笑顔の猫のスタンプが三つ並んだものが送られてくる。さすがにこれには返事はできず、寂しいけれどコメント欄のやり取りは終了した。

その日僕は、優里さんと言葉を交わしたコメント欄を何度も読み返してから就寝した。

僕の体調は幾分安定し、大晦日《おおみそか》の前日に退院できた。帰宅してすぐに冷蔵庫を漁《あさ》り、ペットボトルのコーラをさっそく飲んだ。

「うわ、家帰っていきなりコーラ飲むとか、どんだけ好きなの」

呆《あき》れ顔で妹が言ってくる。

「これがないと生きていけないくらいには好きだよ」

妹はさらに呆れた顔をして、「バカみたい」と吐き捨てた。今日も僕の妹は辛辣《しんらつ》だ。過度に病人扱いされるよりはよっぽどマシだけれど。

コーラを持って自分の部屋に行き、優里さんのブログをチェックする。コーラと優里さんのブログで今の僕が形成されているといっても過言ではないくらいなくてはならないものとなっていた。

優里さんはあれから、たった数日の間に二回もブログを更新してくれた。内容はほんの些細《ささい》なことで、朝食の写真だとか、雪が降っただとか、その程度のことでも僕は嬉しかった。

そのふたつの記事にも僕はコメントを書き込んだ。優里さんはすぐに返事をしてくれて、僕もすぐさま返事を送る。そのやり取りは次の記事の更新まで続く。文通をしているみたいで僕は楽しかったけれど、優里さんはどう思っているのだろう。もし迷惑だったら、と返事を躊躇ったこともあるが、彼女から話題を振ってくれることもあったので今のところ気兼ねなく僕はコメントしている。

今朝病院を出る前に送ったコメントに、早くも返事が来ていた。僕の住んでいる地域では初雪はまだだったので、羨《うらや》ましいですみたいなことをたしか送った。

『隼人くんの住んでるとこはまだ雪降ってないんだね。ていうか、ほぼ雪が降らないとこに住んでるとかかな。こっちは毎年雪がひどくて大変だよ。昔は家族総出で雪かきしてたなぁ。あの頃は雪が大好きだったけど、今は嫌い。冷たいし滑るし、バスや電車が遅れたりもするし。でも雪が降らないと冬って感じがしないから、ちょっと降る分には全然いいんだけどね』

何回も言葉を交わしているうちに、優里さんは砕けた口調で話してくれるようになった。優里さんは年上なので、僕は今でも敬語を使っていた。

『僕の住んでいるところは雪はたまに降るくらいで、積もることはほとんどないです！　だからちょっと羨ましいです。雪合戦とか、かまくらとか雪だるまとかつくるの楽しそうだなって思います。

そういえば優里さんは趣味とかありますか？　僕は趣味がなくて困ってます』

最後は唐突すぎたかもしれないが、疑問文で終われば会話は続けられる。優里さんの趣味は読書だということは過去の記事をすべて読破《どくは》した僕は知っているけれど、話題づくりのために訊いてみた。

数時間後に優里さんから返事が届く。

『雪合戦も雪だるまも楽しいのは最初だけだよ。すぐに手が冷たくなってしんどくなるよ。

趣味は読書と、あとは料理かな。たまにわたしがご飯つくることもあるんだよ。今はずっと入院してるから、全然つくってないんだけどね』

優里さんは過去の記事で、何度か自分でつくった料理の写真を載せていたことを思い出した。凝《こ》ったものではなく、カレーライスやオムライス、チャーハンなどの簡単なものだがどれもおいしそうだった。

『優里さんの手料理食べてみたいです』と打って、なんか気持ち悪い気がして打ち直す。

『優里さんのおすすめの本、教えてほしいです』

これなら大丈夫だろうと思ってそう返事を送った。

するとすぐに返事が届き、よくわからない作家の本の名前が羅列されていた。

『今度読んでみます』と送ると、猫が笑っている絵文字が三つ送られてきた。

やり取りは途切れてしまったが、また次の更新で優里さんに会える。それだけで僕は生きる希望が持てた。

「なあ隼人、お前どこでバイトしてんの？」

冬休みが明けた初日、昼休みに自分の席で弁当を食べながら優里さんのブログを見ていると、宏太に肩を叩かれた。宏太と話すのはずいぶん久しぶりだ。

「あー、えっと、コンビニだよ。場所は内緒」

「嘘つくなよ。この前お前の妹に偶然会って訊いたんだよ。そしたらお兄ちゃんはバイトなんかしてないですって言ってた。隼人、お前本当はなんかあったんじゃないのか？　嘘をついてまでサッカー部を辞める理由なんてあるのかよ」

今朝、妹の様子がなにか変だった理由が判明した。意図的に僕から視線を逸らし、そそくさと家を出ていったのだ。宏太は家が近所で、昔は何度もうちに遊びに来たことがある。当然僕の妹とも仲がいい。

帰ったら妹に蹴りを入れてやろうと決めて、この状況をどう切り抜けようか思案する。

「いや、実はバイトクビになったんだよ。だから今はバイトを探しててさ」

「さっきコンビニでバイトしてるって言ってたじゃんか」

「いや、その、バイトをクビになったなんてダサくて言いづらいじゃん。ちょっと見《み》栄《え》を張っただけだよ」

宏太のするどい指摘をさらりとかわす。これ以上追及されるとお手上げだが、宏太は沈んだ表情のまま「そっか」と力なく言って去っていった。

さらに詰問されると思って身構えていたが、案外すんなり引き下がってくれて安堵する。でもどうしてかすっきりしない。ちくちくと胸が痛む。

『親友に病気のこと、余命のことを話すべきか悩んでいます。優里さんは病気が発覚したとき、どうしましたか？　あ、親友って男です』

最後の一文は必要か迷ったが、念のため入れておいた。

優里さんのブログには、当初たくさんの友人たちがコメントを残していた。おそらく彼女は余命宣告をされたあと、すぐに友人たちに話したはずだ。でも今は友人たちとは疎遠になっている。優里さんの選択は正解だったのか訊いてみたかった。

きっと入院中で暇なのだろう、数分で返事が来る。

『え、まだ親友に伝えてないんだ！　わたしも最初は伝えるつもりはなかったけど、わたし嘘をつくのが下手くそですぐにバレちゃった。だから仲のいい子たちにはちゃんと話したよ。今は話してよかったって思ってる。みんな一緒になって泣いてくれて、すごく励ましてくれた。支えてくれた友達がいたからわたしは三年も生きられたんだと思ってる。

隼人くんも親友には伝えたほうがいいと思うよ。言いづらい気持ちもわかるけどね』

優里さんは自分から伝えたわけではなく、嘘をつくのが下手でバレてしまったらしい。まっすぐな彼女らしくて微笑ましかった。

やっぱり伝えるべきなのか。でも今さらな気もするし……。

逡巡しているうちに昼休みが終わり、午後の授業が始まる。僕は見つからないようにこっそり優里さんに返事を打った。

『そうだったんですね。やっぱ友達にはなかなか言いにくいですよね。隠すつもりだったのにバレてしまう優里さん、さすがです（笑）気が向いたら親友に話してみます』

そう送ったものの、たぶん宏太や茜には言えないだろうなと思う。僕の病状がいよいよやばくなってきたら自主退学して、彼らの前から姿を消してひっそりと死ぬのが僕の理想だった。死んだことも彼らには知らせたくないし、僕のことなど忘れてほしいとさえ思う。

僕もバレるまでは嘘をつき続けようと決めて、また優里さんのブログをチェックする。返事はまだなかった。

放課後、廊下で茜とすれ違った。一瞬目が合ったけれど、すぐに逸らされてしまった。自分が望んだこととはいえ、茜にそんな態度をとられるのはやっぱり辛い。

友達は減ってしまったが、僕には優里さんがいる。支えてくれる人は彼女だけで十分だった。

一月はほぼ毎日のように優里さんと画面越しで言葉を交わし合った。ほんの些細な話から、優里さんの初恋の話まで夜遅くまで語り合った。優里さんは小学生の頃からずっと片想いをしている人がいて、いつかは告白しようと考えていたそうだが病気が判明し、恋を諦めたのだという。

茜と交際していたことを伏せ、僕も好きな人を諦めましたと告げると、やっぱりそうなるよね、と意気投合した。彼女とコメントのやり取りをしているだけで、僕は嫌なことは全部忘れられた。

しかし、そんな楽しい日々は長くは続かなかった。

二月に入ると、優里さんのブログの更新が極端に少なくなった。一月は週三回以上は更新していたというのに、今週はまだ一回しかない。土曜日の午後、僕は自宅のベッドの上でスマホの画面を見つめていた。

コメントの返事も以前より遅くなっているし、次の日に送られてくることもあった。優里さんはいつもと変わらず明るく振舞ってくれているけれど、本当は病状が悪化して無理をしている気がしてならなかった。

僕も最近は体調が優れない。近いうちにまた入院することになるかもしれない。

その日の深夜に優里さんはブログを更新した。記事のタイトルは『大雪』となっていた。

『あしたから三日間、大雪が降るらしいです。でも、わたしは病室にいるからあんまり関係ないけどね。お父さんもお母さんもお姉ちゃんも雪かき大変だと思うけど、がんばってください。

とりあえずわたしは効果があるかわからないけど、てるてる坊主つくってみる。もうこれ以上雪積もらないといいなぁ』

なんてことのない、普段通りの優里さんで安心した。過去の記事から優里さんの住んでいる地域はだいたい把握していたので、なんとなく天気アプリを起動して確認してみる。

「あれ？」

思わず声が漏れた。優里さんの住んでいる甲信越《こうしんえつ》地方は、明日から一週間晴れとなっていた。

単なる見間違いなのか、それとも深夜だから寝ぼけていたのか。なんてコメントをしようか迷って、『大雪は大変ですね。明日、晴れるといいですね』と書き込んだ。

それから二週間、優里さんの返事はなかった。ブログの更新も途切れたままで、僕は憂鬱《ゆううつ》な毎日を過ごしていた。

二週間も更新がないなんて、ここ数ヶ月は一度もない。彼女の身になにか起きたのか、起きたとしたらそれは、ひとつしかない。しかしそれ以上は考えたくなかった。

僕はその後、三学期の途中で入院することになった。下校中に突然眩暈《めまい》がして、そのまま意識を失い気づいたときは病院のベッドの上にいて、緊急入院となった。

茜と宏太から久しぶりに連絡が来て、《入院って聞いたけど、どこか悪いの？》と同じことを訊かれた。

虫垂炎《ちゅうすいえん》だと言い張ってふたりの追及から逃れる。さらにふたりからメッセージが何通も届いたが、全部無視した。

入院してから三日が経った頃、僕はスマホの画面を見つめながら喚声《かんせい》を上げた。待ち望んでいた優里さんのブログの更新があったのだ。優里さんが無事だとわかって安堵のため息をつく。

同部屋のおじさんたちを驚かせてしまい、すいませんとひと言謝ってから記事を閲覧する。

『ブログの更新が遅くなっちゃってごめんなさい。体調を崩してしばらく寝込んでいました。今はもう大丈夫です。

とりあえず早く元気になって退院したいです』

いつもはふんだんに使っている絵文字はひとつもなかった。そういうときは本当に具合が悪いのだなと心配になる。でも彼女が生きていてくれて本当によかった。正直言うと優里さんはもうこの世にいないのではないかと絶望していたが、杞憂《きゆう》だったようだ。

僕はすぐに返事を打つ。

『お久しぶりです！ しばらく更新がないから心配していましたが、無事でなによりです。実は僕、また入院してしまいました。今回も同部屋のおじさんのいびきがうるさくて寝不足です（笑） 優里さんはたしかひとり部屋でしたよね。羨ましいです』

何回も書き直してコメントを書き込んだ。また今日から優里さんと言葉を交わせる。そう思うと退屈だった入院生活が一変する。

僕は五分おきに優里さんのブログを確認し、返事が来るのを待ち続けた。

『久しぶり。また入院しちゃったんだね。お互い病気に負けないように頑張ろうね。早く良くなることを祈ってます』

その返事が届いたのは、翌日の夜になってからだった。僕はすぐにそれに対するコメントを送ったが、次の返事も翌日の夜に届いた。

つい数日前までは寝込んでいたらしいから、今も病状が芳しくなく、ブログを気にかける余裕なんてないのかもしれない。もう大丈夫だと彼女は言っていたが、大丈夫なはずがあるわけなかった。

余命一年の少女が、もう三年半以上も生きているのだ。限界はとっくに超えているはずだ。こうやって話せること自体奇跡としか言いようがない。

『ブログの更新やコメントの返信は辛かったら全然大丈夫ですからね』

優里さんを気遣ってそうコメントを残した。それでも彼女は返事をしてくれて、週に一回か二回はブログを更新し続けた。

記事の内容はこれまで通り些細なもので、天気のことだったり、芸能人のゴシップについて触れてみたりと平和だった。


僕が退院できたのは、三月に入った頃。すぐには復学せず、二、三日自宅療養をしてから様子をみてということになった。

しかし翌日、学校から連絡が来て僕は出席日数が足りず留年確定らしかった。両親と相談した結果、とりあえず体調を見ながら春からまた高校一年生としてやり直すことに決まった。僕は正直退学したかったけれど、仕方なく両親の意向に従った。茜や宏太からまたしつこく連絡が来たが、返事はしなかった。

退院したことを優里さんに告げると、彼女も同じタイミングで退院したらしかった。

以前の記事では、もう退院は難しいかもしれないと嘆いていたが、体調が快復したようで退院できたそうだ。

本当にすごいことだと思う。もしかしたら彼女はこのまま何十年も生き続けるのかもしれない。僕が先に死ぬ可能性のほうがよっぽど高い気がする。

優里さんは退院後、家族や友人たちとあちこち出かけているようだった。ブログに写真を載せてくれて、僕はそれに『楽しそうですね』とコメントした。

そんなに遊び歩いて大丈夫なのかと心配になるくらい彼女はアクティブで、でも優里さんが楽しそうでなによりだった。


『もしよかったらなんですけど、来週あたり会いませんか?』

この半年間、ずっと胸の奥にしまっていた言葉を優里さんに投げかけた。そのコメントを送るのに三日も要した。優里さんの体調は良好そうだし、僕も最近はまずまずだった。

もう何ヶ月も前から、僕は優里さんに会ってみたいと思っていた。僕の住んでいるところから、新幹線に乗って約三時間で優里さんに会いに行ける。

いつ言おうか悩んでいるうちに優里さんは体調を崩し、僕もまた自由に出歩けなかったからなかなかタイミングが合わなくて言えずにいたが、今しかないと思った。

優里さんがまた入院してしまわないうちに会いに行きたかった。

初めて優里さんのブログにコメントを残したときと同じくらい、落ち着かない気持ちを味わった。コメントが反映されてからは怖くてしばらくブログを開けなかった。狭い部屋の中をぐるぐる歩き回り、どうしようどうしようと呟いていると「うるさい」と妹に怒られた。

翌日になってからコメント欄を確認してみたが、返事はまだなくてホッとする。断られたらショックだし、ぜひ会いましょうと言われても自分から送っておきながらまだ心の準備ができていなかった。

結局その日も、優里さんから返事が来ることはなかった。


『急に会いたいなんて言ってすいません。やっぱり大丈夫です。忘れてください』

優里さんに会いませんかと送ってから五日経っても返事がないので、僕は新たにコメントを送った。たぶん迷惑だったのだろうと結論づけて、ひとまず謝った。また前のようにブログのコメント欄で言葉を交わせるだけでいい。会いませんかなんて言わなきゃよかったと酷《ひど》く後悔した。

優里さんから返事があったのは、僕が新たにコメントを送った翌日。朝起きてなんとなく優里さんのブログを開くと、最新の記事のコメントが三件となっていて飛び起きた。そのうちの二件は僕が送ったものだから、優里さんが書いたに違いない。

僕はすぐさまコメント欄を開く。

『遅くなってごめんなさい。ちょっと考えてました。会ってがっかりさせてしまわないかなとか、わたしは大丈夫だけど隼人くんの体調が悪化しないかなとか、悩んでた。なにかあるとまずいから、加奈も連れていっていい？　嫌ならふたりでもいいけど……』

優里さんのコメントを読み終わると、僕は小さくガッツポーズする。もちろん加奈さんがいても構わない。ふたりだと緊張するからむしろそっちのほうが僕もありがたかった。

『がっかりなんて絶対しません。体調も悪くはないので問題ないです。加奈さんがいても大丈夫です！　会えるのを楽しみにしています！』

そうコメントを書き込んだあとは、また数日返事がなかった。

コメント欄で何度かやり取りをしたあと、四月の頭に三人で会うことになった。僕から誘ったのだから新幹線に乗って会いに行きますと伝えたが、優里さんと加奈さんのほうから来てくれるという。隼人くんはひとりで来るから、もしなにかあったら危ないから、だそうだ。

約束の日までは一週間あった。それまで僕も優里さんも病状が悪化しないことを祈った。

「お兄ちゃん、宏太くんと茜ちゃんが来てるよ」

優里さんと会う予定の三日前の昼過ぎ、部屋で以前優里さんからおすすめされた本を読んでいると妹がノックもせずにドアを開けて言った。今日は平日だったが、学校は春休みに入っているはずだからこの時間にやってきたのだろう。

「出かけてるって言っといて」

「言ったよ。そしたら帰ってくるまで待つって言われた」

なるほどそうきたか、と頭を抱える。長い付き合いだからか僕の考えることなどお見通しのようだ。

そういうことならもう逃げられない。

「じゃあ、部屋に上げていいよ」

わかった、と言って妹は部屋を出て階段を駆けていく。僕は本を閉じてベッドの上と机の上を軽く整理する。誰かが僕の部屋を訪れるのは、ずいぶん久しぶりのことだった。

「よ、久しぶり」

部屋に入るなり宏太が片手を上げる。少し前までは会うたびに怖い顔をしていたが、今日は穏やかでホッとする。

宏太に続いて部屋に入ってきた茜は、僕と一瞬目が合うと気まずそうに視線を落とした。

僕は勉強机の椅子に座る。ふたりも適当なところに腰を下ろした。

「今って春休み？」

わかってはいたが、念のため訊いてみる。宏太が答えてくれた。

「春休みだよ。部活も今日は休み」

「そうなんだ。茜も部活休み？」

「あ、うん。私も今日は休み」

茜はバレー部に所属している。中学の頃はキャプテンを務めていた。

「そっか。ふたり揃《そろ》って今日はなんの用？」

「ちょっと様子を見に来たんだよ。連絡しても全然返事よこさないじゃん、お前。留年って本当なのか？」

「あー、うん。出席日数が足りなかったらしい。四月からは後輩になるから、よろしく」

おどけてみせたが、ふたりの表情は硬かった。

「なんでそんなことになったんだよ。中学のときなんて学校休むことほとんどなかったじゃん」

「盲腸《もうちょう》で入院したのが痛かったかな。思いのほか入院が長引いちゃってさ」

宏太が口を開きかけたところで部屋のドアが開き、妹がお菓子とジュースを持ってきてくれた。たまには役に立つ妹だ。

「ごゆっくり～」

妹が部屋を出ていくと、ふたりとも無言になった。僕はなにを訊かれても病気のことは隠すつもりでいた。

「隼人、私たちに嘘ついてない？」

茜が沈黙を破る。「ついてないよ」と僕は素っ気なく答える。

「隼人は嘘をつくとき人の目を見ない癖あるよね。そこだけは変わってない」

「え、そうかな。そんなことないと思うけど」

「そんなことあるよ。新しい彼女ができたことも、盲腸で入院してたのも嘘なんでしょ？　本当はなにがあったの？」

ふたりの射貫くような視線が痛い。指摘されたばかりなのに僕はまた目を逸らし、

「嘘じゃないし、なんもないって」と苦し紛れに言った。

「なんもないことないだろ。去年の夏休みになにかあったんだろ。あの辺から変じゃん、隼人。別人みたいになってさ。俺たちなんでも話聞くからさ、話してくれよ」

諭《さと》すような口調で宏太は言う。一瞬心が揺らぎそうになるのを堪え、僕は頑《かたく》なに拒《こば》んだ。

「いや、本当になんもないんだって。なにもないんだから話すことなんてないし、こっちから言わせればふたりのほうが変だよ。そんな怖い顔しちゃってさ」

言いながら、僕はなんて惨《みじ》めなのだろうと思った。幼馴染ふたりが手を差し伸べてくれているというのに、僕は一向にその手を取ろうとはしない。ふたりに話したところで解決することではないが、ここまで僕を心配してくれている彼らを拒絶するのは心苦しかった。

「茜とふたりでさ、隼人が話してくれるまで待とうって決めたんだけど、まさか留年するとは思わなくてさ。無理やりにでも学校に連れてくるべきだったたって後悔してる。だからせめて、隼人がなにに悩んでいるのか知りたかった。なにが隼人をそんなに苦しめているのか、教えてほしかった。俺も茜も、ただお前のことが心配なんだよ」

宏太がゆっくり話し終えると、茜も同意見だと言わんばかりに何度も首を縦に振った。宏太の言葉には胸を打つものがあったが、今さら話したところで遅いと思うし、ここまで嘘を貫き通したのだから、墓場まで持っていくつもりだった。

「たぶん、ふたりとも勘違いしてると思うよ。本当になんもないし、悩みとかもないから大丈夫だって」

半笑いでそう告げると宏太の顔に失望の色が浮かんだ。その表情に僕は思わず口元を引き締める。宏太も茜も、憐《あわ》れむような目で僕を見ていた。

「……そっか。なんもないならよかった。悪かったな、勘違いして。じゃあもう帰るわ」

宏太は抑揚《よくよう》のない声でそう言ったあと、部屋を出ていく。

「どうして話してくれないの？」

声を震わせながら茜が訊いてくる。僕が答えずにいると、茜も部屋を出ていった。

僕は嘆息《たんそく》してからふたりが手をつけなかったクッキーを頬張る。

「うまいうまい」とひとり呟きながら咀嚼《そしゃく》する。

二枚目を手に取ったところで、ふいに涙が零れた。悲しいわけじゃないのに、悔しくて涙が止まらなかった。こんなことになるのなら、病気が判明した時点でふたりに話すべきだった。なぜか意固地《いこじ》になって今までずっと黙っていて、打ち明けるタイミングを自ら手放していた。優里さんのアドバイス通りにすればふたりを傷つけることもなかった。これがふたりに病気を打ち明ける最後の機会だったかもしれないのに。

僕は泣きながら、ひたすらクッキーを食べた。

背後から妹が部屋を覗いている気配があったが、構わずに泣き続けた。

・

優里さんとの約束の日がやってきた。こんな日が来るなんて、彼女のブログを読み始めた当初は想像もしていなかった。お互い病気のこともあるため二時間くらいでお開きの予定だが、少しの時間でも優里さんに会えるのは楽しみでしかなかった。

宏太と茜が僕の部屋にやってきたあとはしばらく落ち込んでいたが、これから優里さんと会えると思うと沈んでいた心は晴れやかになった。

午後から会う約束をしていたので、解熱剤《げねつざい》を飲んでから余裕を持って家を出る。昨日から微熱が続いていたが、この程度であればなんとかなりそうだった。

バスを降りて腕時計に視線を落とすと、待ち合わせ時間より三十分も早く着いてしまった。そこは県内で一番利用者が多いと言われている県営公園で、この時期は約千本もの桜が咲き乱れる、県内屈指の桜の名所として有名だった。

優里さんにどこか行きたいところはありますかと訊いたら、桜を見に行きたいと彼女は答えたので、ここしかないと思いついたのだ。

公園の入口で優里さんと加奈さんを待つ。平日にもかかわらず、園内はたくさんの花見客で賑わっている。春休みということもあって、中高生と思しき集団もちらほら見受けられた。

　昨年は宏太と茜と三人で訪れたことをふと思い出した。高校に入学する数日前だったろうか。雨風が強い日が続いて半分くらい桜が散ってしまい、あまりいい思い出とは言えないがそれでもあのふたりといると十分楽しめた。きっとあのときみたいに三人で笑い合える日はもう来ないんだろうなと思うと、心臓のあたりがちくちく痛みだした。

　待ち合わせ時間の十分前にもなると、そわそわして落ち着かなかった。頻《しき》りに周囲を見回して優里さんと加奈さんの姿を探す。ブログには頻繁に加奈さんの写真も載せられていたが、顔にはスタンプが貼られていたので僕は優里さんの顔しか知らない。当然優里さんは僕の顔を知らないわけだから、僕が彼女を見つけて声をかけなくてはいけない。一応今日僕が着ている服の色などはさっきコメント欄に書いておいたが、同じような服を着ている人はそこら中にいて見分けがつかないかもしれない。

　さらに十分待っていると、園内に向かう人の群れの中から見知った顔が目に飛び込んでくる。その姿をひと目見て、優里さんだと確信する。心臓がドクンと跳ね上がった。

　隣にいるのは加奈さんだろう。ふたりは周囲に視線を走らせ、僕を探しているようだった。

すらりとした体躯《たいく》に長い黒髪。清楚《せいそ》という言葉がぴったりと当てはまる。桜色のロングスカートがよく似合う美少女だった。

深呼吸をしてから一歩踏み出し、僕はふたりに歩み寄る。

間近で見る優里さんは写真よりも綺麗で顔色もよく、重い病を抱えているとは到底思えないほど健康的な少女だと思った。

「あの……優里さん、ですか？」

ほぼ確信していたが、恐る恐る訊いてみる。彼女は足を止め、僕の目をじっと見つめる。

「えっと……隼人くん？」

声もブログに載せていた動画とまったく同じだった。やっぱり優里さんで間違いない。心臓がドクドクと脈打っている。

「そうです。隼人です。お会いできて嬉しいです」

「えっと、はい。こちらこそです。この子が加奈ちゃんです」

紹介された加奈さんは、「初めまして、加奈です」と元気よく言ってからぺこりと頭を下げた。ボーイッシュなショートヘアがよく似合う、優里さんとは対照的な女の子だ。

「初めまして。よろしくお願いします」

ぎこちない挨拶を終えると、さっそく園内に足を踏み入れる。僕は緊張してふたりのほうは見られず、満開の桜を見上げて歩いた。優里さんと加奈さんは、桜に目を奪われてはしゃいでいた。

「隼人くん、体調は大丈夫なの？　ちょっと顔色悪い気がするけど……」

優里さんが僕の顔を覗き込んで訊いてくる。加奈さんは隣でスマホを片手に自撮り写真を撮っていた。

「あ、はい。僕は大丈夫です。それより、優里さんは大丈夫なんですか？」

微熱が続いていることは伏せておいた。僕よりも優里さんのほうが、と憂慮《ゆうりょ》したが、彼女は「私は全然大丈夫」と朗《ほが》らかに笑った。

「そうですか。それならよかったです」

「うん！　もし具合悪くなったら言ってね」

「はい」

優里さんは僕を気遣ってくれるが、本当に彼女は大丈夫なのだろうかと不安になる。無理をしているようにも見えなくはなかった。でも最近の優里さんのブログでは体調の悪さが窺《うかが》えるようなことは書かれてなかったから、彼女の言うように今は安定しているだけかもしれない。

優里さんはあと三ヶ月で、余命一年と告げられてから丸四年になる。それなのに元気そうだし、健康な女子高生と同じように明るく笑っている。彼女の生命力には改めて驚かされる。

「お、露店がある！　ねえ、なんか食べよー？」

加奈さんが指さした先には、ずらりと露店が並んでいた。ちょうどお昼どきだから混雑していて、行列ができている店もいくつかあった。

「お腹空いたね。隼人くんはなにが食べたい？」

優里さんが僕に訊いてくる。

「僕はなんでもいいです」

「そっか。加奈はなにがいい？」

「たこ焼き食べたい」

「隼人くん、たこ焼きでいい？」

「はい。たこ焼きでいいです」

そんな調子で買うものが決まり、三人で露店の列に並ぶ。八個入りのたこ焼きをふたつ購入し、加奈さんが鞄の中からレジャーシートを取り出して桜の木の下に敷いた。

ちなみにたこ焼き代は加奈さんが支払ってくれた。僕が払いますと言ったのに、バイト代が入ったばかりだから気にしないで、と譲《ゆず》ってくれなかった。

「おいしいね」

緊張してふたりの話題に入っていけない僕に、優里さんは優しく声をかけてくれる。ブログのコメント欄でやり取りしたときの印象通り、温かい人なのだと嬉しくなる。

「はい、おいしいです」

たこ焼きを頬張りながら答える。加奈さんは賑やかな人だけれど、優里さんはお淑《しと》やかな人でこれもイメージ通りだった。

たこ焼きを食べ終えたあと、三人で園内をぐるっと一周歩いた。野球場やサッカー場、テニスコートも併設されており、とにかく広くて疲れる。

加奈さんはカメラが趣味のようで、一眼レフカメラを鞄から取り出すと何度もシャッターを切る。僕と優里さんのツーショットを撮ってくれてもいいのに、彼女は景色を撮ることにしか興味がないようだった。

「そういえば優里さんに教えてもらった『カラフル』っていう本、すごく面白かったです」

優里さんに会ったら、あの小説について語ろうと思っていた。『カラフル』は優里さんの一押しの小説らしく、話題に困ったらこの話を振ろうと昨日から決めていた。

「ああ、えっと……うん。面白いよね、あの本」

彼女の好きな小説のはずなのに、いまいち反応が薄かった。

「ねえねえ、あっちにでかい池があるよ！　行ってみよう！」

僕と優里さんの前方を歩いていた加奈さんは、池があるほうへと駆けていった。

「なんかごめんね、騒がしくて」

優里さんは困ったように眉尻を下げて笑う。たしかに騒がしいけれど、不快にはならないし、むしろ沈黙を埋めてくれて割と助かっている。

「いえ、全然大丈夫です。それより、ちょっとそこのベンチで休んでもいいですか？なんか息が苦しくて……」

今まで我慢していたが、長い距離を歩き回ったせいで息が切れて胸が苦しかった。僕よりも優里さんのほうが病状が悪化しているはずだから、先に音を上げるのは躊躇われたが限界が来てしまった。

「え、大丈夫？　ごめん気づかなくて……。無理しないでゆっくり歩こう」

優里さんは僕の手を握ってくれて、近くにあったベンチに誘導してくれた。

「なにか飲み物買ってくるから待ってて」

優里さんは小走りで自販機のほうへと向かっていく。加奈さんは先に行ってしまい、見失った。

「はい、これ。よかったら飲んで」

「あ、ありがとうございます」

優里さんからペットボトルの水を受け取り、喉に流し込む。手の震えもあって少しだけ水を零してしまう。

「大丈夫？　私が飲ませたほうがいいかな」

「いや、それは大丈夫です」

飲ませてもらうのはさすがに不格好すぎるので拒否した。優里さんは鞄の中からハンカチを取り出して僕の服を拭いてくれる。こんなはずじゃなかったのに、と自分の情けなさに辟易《へきえき》した。

十分ほど休んだあと、落ち着いてきたので加奈さんを探しにいくことになった。

「だめだ。出てくれない」

優里さんはスマホを耳に当てたまま肩を落とす。加奈さんに電話をかけたそうだが、着信に気づいてくれないらしい。

「とりあえず待ち合わせした場所に戻ろっか。そろそろ時間だし、加奈にもそう連絡しとく」

「そうですね。戻りましょうか」

言いながら腕時計に視線を落とすと、もうすぐここへ来てから二時間が過ぎようとしていた。

もう二時間経つのか。優里さんとこうやってふたりで桜の木の下を歩くなんて、改めて考えると不思議な気持ちだった。優里さんはスマホの画面の中にいるだけの、遠い存在だと思っていた。余命一年なのに三年以上も生きているという、まさに奇跡の人。実在しないんじゃないかとさえ思ったこともあったが、今、僕の隣にいる。彼女のおかげで僕は今日まで生きてこられた。感謝の気持ちを伝えるべきだよなと唐突に思った。

「あ、加奈から返事きた。今から向かうって言ってる。よかったよかった」

公園の入口まで戻った頃に加奈さんから連絡が来たらしい。優里さんとふたりでいられる時間はあとわずかだ。僕は深く息を吐き出してから口を開く。

「あの、優里さん」

「ん？　なに？」

「えっと、前に言ったかもしれないけど、僕は本当に優里さんには感謝してます。病気が発覚して余命一年と言われて、毎日辛くて生きる気力を失ってました。でも優里さんのブログを偶然見つけて、優里さんは僕と同じ病気で、余命一年で、でも今は四年近く生きてて、うまく言えないんですけど、優里さんのおかげで僕は今日まで頑張って生きてこられました。何度も挫けそうになったり、落ち込んだりもしたけど、優里さんのブログの更新が楽しみで、それだけで嫌なことは全部吹っ飛んで、僕は前を向いて生きてこられました」

そこまで言ってから一旦呼吸を整える。優里さんのブログを見つけてからの日々を、僕は思い出していた。

「初めてコメントして、返事をくれたときなんか嬉しくて飛び上がったし、コメント欄でのやり取りは何回も読み返してにやにやしてたし、とにかく、僕は優里さんがいなかったらとっくに死んでいたと思います。今日まで生きてくれて、本当にありがとうございます。これからもずっと、優里さんは生き続けてください！　また画面越しから応援してます」

長々と話し終えたあと、僕は頭を下げる。うまく伝わったかわからないけれど、彼女への想いをすべて吐き出した。本当はまだまだ言い足りないが、長く喋るだけでも息が切れてしまうからそこまでにしておいた。

すすり泣く声が聞こえたので顔を上げると、優里さんは口元を押さえてボロボロ涙を流していた。その場に膝をついて彼女は泣き崩れる。なぜ彼女が泣くのか僕にはわからなくて、おろおろすることしかできなかった。

「あの……大丈夫ですか。泣かないでください」

焦ってそう声をかけると、優里さんは「ごめんね」と泣きながら呟いた。どうして彼女が謝るのか、僕にはわからなかった。

優里さんを好奇の目で見る人がたくさんいたが、彼女は一向に泣き止まず、僕は僕で突然のことに汗が止まらなかった。

「実は——」

「優里!」

優里さんの言葉を遮《さえぎ》るように背後から声が飛んでくる。振り返ると加奈さんが肩で息をしてこちらを見ていた。

「それは言わない約束だよ」

加奈さんはそう言いながら優里さんに歩み寄り、そっと肩に手を置いた。優里さんはまた、「ごめん」とひと言。

言わない約束とはなんのことだろう。しかし訊ける雰囲気でもなく、僕は呆然《ぼうぜん》と立ち尽くして優里さんが泣き止むのを待った。

「じゃあ、帰ろうか」

数分後、優里さんは幾分落ち着きを取り戻し、加奈さんは何ごともなかったように先を歩いていく。僕は腑に落ちないまま彼女らのあとを追う。せめて駅まで見送りに行こうと思った。

駅に着くまで、優里さんはひと言も言葉を発さなかった。なにかまずいことを言ってしまったのかと不安になる。ちらちらと彼女の顔を窺ってみるが、その表情は曇っていて声をかけづらかった。

「じゃあ、お大事にね。気をつけて帰るように」

改札口の前で加奈さんがそう声をかけてくれた。優里さんは俯《うつむ》いて僕のほうを見てくれない。またすぐにでも泣き出してしまいそうな表情で顔を伏せていた。どうしたらいいのかわからずに戸惑っていると、ふたりは背を向けて改札口のほうへと歩いていく。

「……あの！」

とっさにふたりを呼び止める。わだかまりを残したまま別れるのは嫌だった。彼女らは同時に振り返り、僕をじっと見つめる。

「あの……また、会ってくれますか？」

恐る恐る訊ねてみる。最後は優里さんを泣かせてしまったが、今日一回きりにはしたくなかった。次の約束をすれば、僕は生きる希望を持てる。

ふたりはきっと頷いてくれると思った。でも、僕の求める返答は得られなかった。

「……ごめんね」

優里さんは消え入りそうな声で言い、僕の前から姿を消した。

優里さんと加奈さんと別れたあとの記憶がない。気づけば自宅のベッドの上で僕は横になっていた。

——ごめんね。

優里さんの去り際のひと言が何度も頭の中で再生される。いくら考えてみても彼女の言葉の意味がわからなかった。

僕が優里さんに感謝の言葉を告げた直後に彼女は泣き出してしまった。あのときは緊張していたからなにを話したか正確には思い出せないが、優里さんを傷つけるようなことは口にしていないはずだ。ではどうして優里さんは……。

頭痛がして考えるのをやめた。

スマホを手に取って優里さんのブログを開く。最後の更新は三日前。僕はそこに新たにコメントを残す。

『今日はありがとうございました。最後はなんか、すいませんでした。またブログの更新を楽しみにしています』

そう書き込んで、画面を閉じた。

数日経っても優里さんから返事は来なかった。返事どころかブログの更新もない。もう一度ブログに書き込んで彼女に謝るべきだろうか。でも、なにを謝ればいいのかわからなくて、追加のコメントはなかなかできないでいた。

さらに数日が経ち、僕は以前のように鬱屈した日々を過ごしていた。

その日の夜、僕は寝る前に優里さんのブログをチェックした。

「あっ」

静かな部屋でひとりごちる。優里さんは二週間ぶりに記事を更新していた。ブログのタイトルは、『隼人くんへ』となっていた。

その文字を見ただけで胸の鼓動が加速する。僕はすぐにその記事を開く。

この記事はたぶんすぐに消します、と前置きがあってから本文は始まる。冒頭の言葉があまりに衝撃的で、スマホを片手に僕は愕然《がくぜん》とする。

『隼人くん、体調はお変わりないですか。この前は急に泣き出しちゃってごめんなさい。この記事は、加奈には内緒で書いています。それともうひとり、双子の妹の優里にも内緒です。

実は妹の優里は、二ヶ月前に亡くなりました。この前隼人くんが会ったのは優里ではなく、私——姉の美織でした。黙っていて本当にごめんなさい。

決して騙していたわけではなく、これは優里の頼みだったんです。私が死んでも、隼人くんには黙ってて、私の代わりに私が生きているように見せかけてブログの更新を続けてほしいと優里は言いました。隼人くんは私のブログを見て生きる希望を持ってくれた。前を向いて生きる決意をしたのに、私が死んじゃったらまた生きる気力を失ってしまうかもしれない。隼人くんからのコメントが途切れるまで、ブログの更新を止めないでほしいと、優里は私に言いました。

優里が亡くなる一ヶ月前から、もうベッドから起き上がれない状態で、寝たきりになっていました。それでも優里は最後まで、隼人くんのことを気にかけていました。

私も優里も、隼人くんには感謝しています。優里のブログに隼人くんがコメントをくれてから、優里は明るくなりました。最後に隼人くんと話せて、優里は幸せだったと思います――』

そこから先は涙で視界が滲み、読み進めることができなかった。頭が混乱し、手が震え出した。そこに綴られた事実を、僕は受け入れることができなかった。

ぼろぼろ涙が零れ落ちていく。優里さんはなにを言っているんだろう。優里さんが死んだだって? そんなはずがない。だって先週までブログを更新していたじゃないか。

涙を拭って冒頭から読み直す。しかしすぐに涙が溢《あふ》れ、文字が歪《ゆが》んでしまう。

信じたくなかった。二ヶ月も前に優里さんは亡くなり、僕に悟られないように姉の美織さんが代筆していたなんて。たしかに優里さんが亡くなったら僕はまた生きる希望を失い、絶望していたのは目に見えている。そうならないように優里さんは姉の美織さんに頼み、僕が生きている間は自分の死を悟られないようにしていた。

優里さんは死んでもなお、僕を励まし続けていたのだ。

僕は泣きながら記事の続きを読む。

会いませんか、と僕に言われた美織さんは、加奈さんに相談してこのまま嘘を貫き通そうと決意した。それが優里さんとの約束だったから。美織さんは妹を演じ、難なく僕を欺《あざむ》いたはずだった。しかし帰り際に僕が優里さんへの想いを彼女に伝えたとき、僕を騙している罪悪感と、妹のことをこんなに想ってくれる人がいるという事実に胸が押しつぶされ、泣き出してしまったらしい。

本当は真実を僕に告げるつもりはなかったそうだが、これ以上僕を騙してブログを続けるのは辛いのだという。

『優里には怒られちゃうかもしれないけど、私は嘘をつくのが下手だから、きっとそのうちバレちゃうと思って話しました。隼人くんを騙し続けるのも耐えられないし、なにより優里の想いを隼人くんに知ってもらいたかった。

今まで本当にごめんなさい。隼人くんは優里と同じくらい、いや、優里以上に長生きしてください。心から応援しています』

嘘をつくのが下手だと、優里さんも同じことを言っていたのを思い出した。顔はもちろん、声もそっくりだったからまったく気づかなかった。双子ではなく、てっきり年の離れた姉妹なのだと勝手に思い込んでいた。

優里さんは過去の記事で、お姉ちゃんはまったく本を読まない人だと書いていたことがあった。だから『カラフル』の話をしても反応が薄かったんだ。

記事の最後に、美織さんはURLを貼っていた。画面をタップして中に入る。

それは優里さんのもうひとつのブログらしかった。タイトルは『ゆうりの裏日記』となっていた。

『ゆうりの闘病記録』に比べると記事の数は圧倒的に少なかったが、僕は古い記事から順番に見ていった。

『暇だったからもう一個ブログつくってみた。お姉ちゃんにだけ教えた。特に書くこともないので、今日はこれくらいにしておきます』

最初の記事はちょうど一年前に更新されたものだった。そこから半年くらい放置されて、次の記事には僕のことが書かれていた。

『わたしのメインのブログに誰か知らないけど「いいね」を押してくれてる。隼人って名前の人。しかも全部の記事に「いいね」してくれてる。ちょっと怖い(笑)でも、あんなブログを見てくれてる人がいるのは嬉しい。「いいね」だけじゃなくて、コメントしてくれたらいいのにな』

その記事を見てひやりとした。「いいね」を押した人物が僕であると気づかれていたとは。てっきり誰が「いいね」を押したかわからない仕組みになっているのだと思っていた。

『隼人って人、ブログを更新したらすぐに「いいね」押してくれてる。すごい（笑）アクセス数も増えてるから、更新がないか頻繁にチェックしてるのかな。最近はサボり気味だったけど、見てくれる人がいるならまたたくさん投稿しようかなぁ。どうやってわたしの記事を見つけてくれたんだろう。気になる』

あの頃は毎日優里さんのブログの更新が楽しみで、最新の記事はまだかと十分おきにチェックしていた。それが優里さんにバレていたなんて、顔が熱くなる。

『またやっちゃった。わたし、ブログに酷いことを書いちゃった。お姉ちゃんと加奈に謝りたい。すぐに記事は削除したけど、隼人って人に「いいね」押されてた。幻滅《げんめつ》されたかなぁ』

クリスマスイブの記事のことだろうか。一度だけ優里さんは負の感情を爆発させたことがあった。幻滅なんてしていないし、むしろもっと吐き出せばいいのに、とさえ思った。

『ついに隼人って人からコメントが来た！　頑張ってください、だって。嬉しい。でも、彼はひとつ年下の高校生で、わたしと同じ病気で、余命一年だと言われたんだって。だからわたしのブログを読んでくれてたんだ。隼人くんはわたしのブログを読んで、救われたって言ってる。嬉しくて泣いちゃった』

僕が初めて優里さんのブログにコメントを残した数日後の記事だった。思い切ってコメントを書いて、本当によかったと今は思う。

『隼人くん、親友に病気のことを話すべきか悩んでいるらしい。わたしも最初は同じ気持ちだったな。でも、今は話してよかったと思う。話したというか、バレちゃったんだけどね。隼人くんも、親友に話したらいいのに。後悔する前に』

宏太と茜に話すべきか、優里さんに相談したあとに書いた記事だろうか。優里さんに言われた通り、すぐに話すべきだった。遅くなればなるほど言いづらくなって、結局言えずじまいになってしまった。

『隼人くんと話すの楽しい』『明日はどんなことをブログに書こうかな』『隼人くんからのコメントまだかな』

一月の記事は、短い言葉で頻繁《ひんぱん》に更新されていた。メインのブログのほうでも、一番更新の頻度が高かった時期だ。

しかし二月に入ると、メインのブログと同様に更新は少なくなっていた。おそらくこの頃から優里さんの病状は急変したのだろう。

『もうだめかもしれない。ずっと熱は下がらないし、ブログを書くだけでも一苦労。せっかく隼人くんと仲良くなれたのに。もっと話したいことがたくさんあるのに』

そこからは先を読み進めるのが辛かった。メインのほうも更新は少なかったが、記事の内容は明るくて体調の悪さは窺えなかった。僕に心配をかけまいと無理をしていたのだろう。

そして次の記事が最後となっていた。

『わたしが死んだあと、ブログの更新が止まらないようにお姉ちゃんに頼んでおいた。わたしのふりをして、隼人くんを励まし続けてって。ブログの更新が止まったら、隼人くんはきっと戸惑うと思うから。

本当はふたりで励まし合って、病気を乗り越えていきたかった。でも、もう無理かもしれない。ほんの少しの時間だったけど、最後に隼人くんと話せてよかった。ひとりで苦しんでいたときに、隼人くんがわたしに声をかけてくれた。あれがなかったら、もっと早く死んでたかもしれない。隼人くんのおかげで、わたしも頑張ろうって思えた。本当に感謝しかない。ありがとう隼人くん。最後にメインブログのほうにも、こっそりメッセージを残しておいた。

余命一年と宣告されて、今日まで生きてこられたのは、隼人くんに出会うためだったのかもしれない。なんて、バカなことをふと思った。生きることを諦めないで、本当によかった。

久しぶりに長い記事を書いたから疲れた。なんか弱気になっちゃったけど、また明日から頑張って生きよう』

それが優里さんの最後の記事だった。感謝の言葉を伝えたいのはこっちのほうなのに、僕は優里さんに伝えることができなかった。悔しくてまたしても涙が溢れてくる。もっと早い段階でコメントをしていれば、たくさん言葉を交わせたのに。

僕は泣きながら『ゆうりの闘病記録』を開く。裏日記の最後の記事の更新日と照らし合わせると、『大雪』というタイトルの記事が優里さんの最後に書いた記事だった。

そのあとは美織さんが代筆していたのか。

どんな内容だったか覚えていない。僕は『大雪』と書かれた記事を読み直す。

『あしたから三日間、大雪が降るらしいです。でも、わたしは病室にいるからあんまり関係ないけどね。お父さんもお母さんもお姉ちゃんも雪かき大変だと思うけど、がんばってください。

とりあえずわたしは効果があるかわからないけど、てるてる坊主つくってみる。もうこれ以上雪積もらないといいなぁ』

読み終えて思い出した。大雪だと優里さんは書いていたが、天気予報では快晴だったのだ。違和感の残る記事だったが、優里さんの隠しメッセージに気づいた僕は、そういうことかと頬を緩めた。ブログの内容なんて、本当はなんでもよかったんだ。

全部で五行ある文章のうち、最初の文字を縦読みすると「ありがとう」と読める。

「こんなの気づくわけないだろ」とぽつりと呟く。同時に涙がひと粒零れ落ちた。

僕はもう一度『ゆうりの裏日記』を開き、最後の記事にコメントを書くことにした。

『優里さんへ。

もう優里さんには届かないかもしれないけれど、伝えたいことがあります。

優里さんは僕と同じ病気で、余命一年で、それなのに挫けずに三年以上も生きて。最後まで諦めずに、ひたむきに生きる姿勢に胸を打たれました。

結局優里さんには会えませんでしたが、僕は優里さんのことが好きでした。チョコレートが好きな優里さん。本が好きな優里さん。雪が嫌いな優里さん。嘘が下手な優里さん。たまにブラック優里さんが現れることもあったけど、僕はそんな優里さんのことが好きでした。

最後の最後まで僕の心配をしてくれて嬉しかったです。美織さんの選択を責めないであげてください。

それから隠しメッセージも、しっかり受け取りました。お礼を言いたいのは僕のほうです。今まで本当にありがとうございました。僕は優里さんがいなくなっても、大丈夫です。心配しないでください。優里さんはゆっくり休んでください。返事は不要です。　隼人』

返事はないことくらいわかっている。でも、そう付け足すだけで心が軽くなる気がした。優里さんに届いてくれることを信じて、『書き込み』をタップする。

何時間スマホの画面を見つめていたのだろう。気づけばカーテンの隙間から光が差し込んでいた。

また新たな一日が始まる。僕に残された時間はあとどのくらいあるのかわからない。わからないけれど、優里さんのように僕も強く生きていこうと、そう決意した。


春休みが終わってから、僕はまた高校一年生として学校に通い始めた。今は病状は落ち着いていて、問題なく高校生活を送れている。優里さんのブログという楽しみはひとつ減ってしまったけれど、『ゆうりの闘病記録』は今もまだ残っている。僕は時々読み返して励まされていた。

「話ってなんだよ」

その日の放課後、自宅の近所にある公園に宏太と茜を呼び出した。そこは昔よく三人で遊んだ公園で、思い出の場所でもある。宏太は鉄棒に背中を預け、茜は所在なさげにその近くに直立した。

僕は少し間を空けて、深呼吸をしたあとにゆっくりと口を開く。

「実は、去年の夏休みに心臓に病気が見つかって、余命一年って言われたんだ。だから部活も辞めたし、茜と別れた。今まで黙っててごめん。なんか、変な意地張ってて言えなかった。本当にごめん」

ふたりに向かって深く頭を下げる。どんな言葉が返ってきても、僕は受け入れるつもりでいた。こんな大事なことを今まで黙っていて、ふたりは怒るかもしれない。何度も手を差し伸べてくれたが、僕はことごとく振り払ってきた。今さら遅すぎるかもしれないけれど、宏太と茜にはやっぱり伝えるべきだと思った。優里さんが生きていたら、そうしろと言っていたに違いないから。

「うん、知ってたよ」

宏太の意外な言葉に、僕は思わず顔を上げる。

「え、知ってたって……いつから？」

「この間隼人んちで三人で話したじゃん。あのあとお前の妹から聞いたよ。お兄ちゃんには言わないでくださいって言われたけど、でも隼人のために教えてくれたことだから、許してやれよ」

またあいつか、と僕は頭を抱える。帰ったら蹴りを入れてやろうと決めた。

「まさかそんなことになってたなんて知らなくて、私たちのほうこそごめんね。言いづらいって気持ちはわかるし、私たちに心配かけないようにしてたんでしょ？　そんなこと気にしなくたっていいのに……」

茜が僕に憐憫《れんびん》の目を向けてそう言った。その瞳には薄っすらと涙が滲んでいた。

「余命一年の彼氏なんて、茜に迷惑をかけると思ったから別れようと思った。もっと早く言うべきだった。ほんとにごめん」

「そんなの、迷惑なわけないじゃん」

茜は声を震わせてそう言ったあと、地面に膝をついて泣き崩れた。それを見て宏太も泣いた。僕もふたりと一緒に泣いた。

申しわけない気持ちと、ふたりが僕を受け入れてくれたこと、そしてもっと早く言うべきだったという後悔。様々な思いが去来《きょらい》して、堰《せき》を切ったように止めどなく涙が溢れては零れ落ちた。

犬の散歩をしていたおばさんが慌てて僕らを慰めてくれたけれど、僕たちは声を上げて泣き続けた。

やがて宏太が「俺たちいつまで泣いてんだよ」と突っ込んで、最後はバカみたいに大声で泣きながら笑った。

それから三ヶ月が経ち、余命一年と告げられてから、とうとう一年が過ぎた。夏休み中に胸が苦しくなり、念のため数日間入院することになった。

今日の午前中、見舞いに来てくれた宏太と茜がこっそり持ってきてくれたコーラを、カーテンを引いたベッドの中でひと口飲む。口の中で炭酸が弾けて、僕の弱った身体に浸透していく。コーラを飲むと不思議と生き返ったような気になる。もしかするとこの炭酸飲料が、僕にとっては一番の特効薬かもしれない。

コーラを飲み干した頃にスマホを手に取ってブログを開く。ゆうりの闘病記録ではなく、僕が立ち上げたブログだ。

『隼人の闘病記録』

見てくれる人がいるかわからないけれど、僕も優里さんのように闘病記録をつけようとふと思い立った。僕のように救われる人がいるかもしれないと信じて。

昨日さっそく書いた記事に、早くもコメントが届いていた。

『初めまして。実は私も隼人さんと同じ病気で、余命一年と告げられました。偶然このブログを見つけて、私も隼人さんのように頑張ろうって思いました。画面越しから応援しています！』

そのコメントには驚かされたが、まるで少し前の自分を見ているようで放ってはおけなかった。

『そうなんですね、びっくりしました。なにかあったら相談に乗りますので、なんでも言ってください！』

優里さんが僕にかけてくれたコメントを思い出しながら、そう返事を打った。

窓辺に歩み寄り、よく晴れた空を見上げる。
今度は僕が、優里さんの役目を担《にな》う番らしいです。
心の中で天国の優里さんに語りかけ、僕は大きく伸びをした。

この物語はフィクションです。実在の人物、団体等とは一切関係がありません。

【ファンレターのあて先】
〒104-0031　東京都中央区京橋1-3-1　八重洲口大栄ビル7F
スターツ出版（株）書籍編集部 気付
冬野夜空先生／此見えこ先生／蒼山皆水先生／加賀美真也先生／森田碧先生

余命 最後の日に君と

2022年9月28日　初版第1刷発行
2023年2月14日　　　第2刷発行

著　者　　冬野夜空　©Yozora Fuyuno 2022　此見えこ　©Eko Konomi 2022
　　　　　蒼山皆水　©Minami Aoyama 2022　加賀美真也　©Shinya Kagami 2022
　　　　　森田碧　©Ao Morita 2022

発行人　　菊地修一
デザイン　カバー　長﨑綾（next door design）
　　　　　フォーマット　西村弘美
発行所　　スターツ出版株式会社
　　　　　〒104-0031
　　　　　東京都中央区京橋1-3-1　八重洲口大栄ビル7F
　　　　　出版マーケティンググループ　TEL 03-6202-0386
　　　　　（ご注文等に関するお問い合わせ）
　　　　　URL　https://starts-pub.jp/
印刷所　　大日本印刷株式会社

Printed in Japan

ISBN　978-4-8137-1325-8　C0193

この1冊が、わたしを変える。

スターツ出版文庫　好評発売中!!

冬野《ふゆの》夜空《よぞら》／著

定価：671円（本体610円＋税10%）

一瞬を生きる君を、僕は永遠に忘れない。

続々重版中！

残酷な運命を背負った彼女に向けて、僕はただ、シャッターを切った――。

「君を、私の専属カメラマンに任命します！」クラスの人気者・香織の一言で、輝彦の穏やかな日常は終わりを告げた。突如始まった撮影生活は、自由奔放な香織に振り回されっぱなし。しかしある時、彼女が明るい笑顔の裏で、重い病と闘っていると知り…。「僕は、本当の君を撮りたい」輝彦はある決意を胸に、香織を撮り続ける――。苦しくて、切なくて、でも人生で一番輝いていた2カ月間。2人の想いが胸を締め付ける、究極の純愛ストーリー！

イラスト／へちま

ISBN 978-4-8137-0831-5